Begegnungen

Über das Buch:

Torben Nesnieb, ein Ingenieur, Mitte Dreißig, hat nach einem schweren Schicksalsschlag ein Trauma erlitten. Seine Bindungsängste verhindern jedes Mal eine dauerhafte Partnerschaft.
Auf der Suche nach einer neuen Beziehung kommt es zu etlichen Begegnungen, die viele Schwierigkeiten aber auch manche Überraschungen mit sich bringen.

„Begegnungen“
erschienen 12-2010, 1. Auflage
Verlagshaus Schlosser, 86316 Friedberg

Text: Ernst Beinsen
Umschlag, Layout & Druck: Verlagshaus Schlosser
ISBN: 978-3-86937-145-0
€ 9,90

Begegnungen

Ein Roman

von

Ernst Beinsen

Das Erste waren ihre Augen, die mir auffielen. Sie leuchteten in einem intensiven Grün und es war ein Strahlen darin, als ob sie etwas sehr Schönes und Wichtiges vor sich hatte.

Das schwarze Haar trug sie lang. Ihre Wangenknochen waren etwas zu hoch, aber vielleicht machte gerade das den Reiz aus. Ihre Lippen schmunzelten und konnten bestimmt viel über ihre jeweiligen Gefühle verraten. Der dünne schwarze Mantel bewegte sich im Sommerwind. Ihr Gang war leicht und beschwingt. Ich schätzte sie auf eins vierundsiebzig. Würde gut passen, ging es mir durch den Sinn. Ich mochte keine Frauen, die größer waren als ich.

Unsere Blicke trafen sich für ein paar Sekunden und jeder von uns registrierte es. Dann war der Moment vorbei und von ihrem Gesicht blieben nur die Augen im Gedächtnis. Schade, dachte ich und es kam mir vor, als ob ich etwas Wichtiges verloren hatte. Wie gesagt, dachte ich.

Es war inmitten von Passanten auf dem Kurfürstendamm in Berlin. Fast hätte ich noch jemanden umgerannt. Pardon. Ich musste zurück zu der Tagung, von der ich mich für ein paar Stunden weggestohlen hatte. Aber mein Freund Peter war dort und würde mich über wichtige Dinge informieren.

Am Nachmittag ging es weiter. „Gab es etwas Interessantes?“ fragte ich Peter. „Du hast nichts versäumt, viele Verfahrensfragen.“ Peter grinste: „Und was hast du erreicht? Konntest du Gabi treffen?“ Peter wusste, dass ich mich mit meiner Ex-Freundin treffen wollte. Er kannte Gabi, wir waren auch einige Male zusammen ausgegangen. Peter kannte einige meiner Bekanntschaften. Er hatte sich aber selten konkreter dazu geäußert. Sie hatten auch nie lange gehalten. Peter wusste, warum.

„Wir sind nach der Tagung von meiner Schwester eingeladen, sie freut sich darauf, dich endlich einmal wiederzusehen. Du kannst sie jetzt nicht enttäuschen.“ Peter lächelte und ließ gar keine Widerrede zu: „Aber du brauchst keine Angst zu haben, sie hat einen festen Freund." Peters Schwester hatte ziemlich stark für mich geschwärmt. Wir kannten uns aus der Schulzeit, als sie noch ein kleines Mädchen war. Heute war sie eine bezaubernde junge Frau. Sie hatte die gleichen intensiv blauen Augen wie Peter. Ihre dunkelblonden Haare waren meistens zu einem Pferdeschwanz zusammengebunden. Ich mochte sie auch sehr gern, aber damehr hätte daraus nicht werden können. Dazu fühlte ich mich zu sehr als ein großer Bruder. Ich war ihr deshalb in den letzten Jahren öfter aus dem Weg gegangen. „Was ist nun, Torben? Soll ich zusagen, sie würde sich wirklich freuen. Oder hast du etwa eine Verabredung mit Gabi?" „Nein, ich habe sie gar nicht angetroffen, vielleicht ist sie auch gar nicht in Berlin oder sie will nicht mit mir sprechen. Gut, ich komme mit, ich habe Paula wirklich schon lange nicht gesehen."

Als ich mich für den Abend umzog, erblickte ich beim Rasieren einen Mitt-dreißiger im Spiegel, in dessen kurzen dunkelblonden Haaren bereits ein paar graue Strähnen zu sehen waren. Die Augenbrauen über den blaugrauen Augen müssten auch mal wieder gekürzt werden. Ich grinste mich im Spiegel an, weil ich an Peter dachte, der mich wegen der grauen Strähnen des Öfteren aufzog. Im Stillen hatte ich den Verdacht, dass er seine Haare, die er länger trug als ich, jeden Morgen nach grauen Haaren absuchte. Da soll mal einer sagen, dass Männer nicht eitel sind. Ich hatte kein Problem damit. Wenn ich die Gene von meinem Vater geerbt hatte, blieb dieser Zustand bis ins hohe Alter bestehen.

Auf dem Weg zum Italiener, bei dem wir uns mit Paula treffen wollten, kam mir plötzlich wieder der Gedanke an die Frau mit den grünen Augen. Ich erinnerte mich an das lange, schwarze Haar. Es passte sehr gut zu ihr. An diesen strahlenden Blick würde ich wohl noch länger denken. Warum konnte man nicht in einem solchen Moment die Gelegenheit beim Schopf packen und versuchen, sie kennenzulernen. War es die angelernte Höflichkeit – sowas macht man nicht – oder war man mit dem täglichen Ablauf so eingespannt, dass man nicht mehr spontan reagieren konnte. Ich sollte darüber mal intensiver nachdenken. Aber diesmal war es dafür zu spät, ein Moment, der unwiederbringlich vorbei war. Außerdem hatte ich mich ja erst vor wenigen Wochen von Gabi getrennt, oder hatte sie sich von mir getrennt? Wahrscheinlich stimmte von beidem etwas. Es tat schon nicht mehr weh. Was wir noch zu regeln hatten, ließ sich auch telefonisch erledigen, warum sollte ich mir darüber heute Abend den Kopf zerbrechen. Und wieder sah ich die grünen Augen vor mir.

„Du sagst ja gar nichts, bist du eingeschlafen?“ Peter riss mich aus meinen Gedanken. „Ich träume ein wenig vor mich hin.“ antwortete ich. Warum sollte ich ihm von meiner Begegnung erzählen. Es war ja nur eine schöne Fata Morgana. Im Unterbewusstsein schien sich gleichzeitig eine Erleichterung auszubreiten, aber das war oft so seit Athen. Ich konnte nicht weiter darüber nachdenken, wir waren am Ziel angekommen.

Der Abend wurde sehr kurzweilig. Der Freund von Paula entpuppte sich als ein sehr sympathischer Mann, der es wirklich ehrlich mit ihr zu meinen schien. Paula war sehr verliebt. Ich war froh darüber, denn ich wünschte ihr alles Gute, als Bruder halt. Unsere Begegnungen würden jetzt auch wieder unverkrampfter werden. Paulas Freund Jens war Außenhandelskaufmann und bei einer großen Im- und Exportfirma angestellt. Er konnte interessant erzählen und es entwickelte sich ein reges Gespräch. Das Essen war vorzüglich, die Einrichtung war sehr geschmackvoll ausgesucht und der Service geschah freundlich und unauffällig. Ich war noch nie hier gewesen. Die Adresse musste ich mir merken.

In den nächsten Wochen hatten Peter und ich viel zu tun und ich dachte immer seltener an die Frau mit den grünen Augen. Nur manchmal. Ein wenig Wehmut schlich sich dann in meine Gedanken. Eigentlich verrückt, wo wir uns doch gar nicht kennengelernt hatten.

Am Wochenende, der Spätsommer kündigte sich bereits an, hatte ich bis Mittag eine Besprechung in Hamburg. Ich saß nachmittags in einem Straßenkaffee in der Fußgängerzone, als ich mich fast verschluckte. Sie ging vorbei. Kein Zweifel, sie war es. Die Erinnerung an unsere erste Begegnung war sofort wieder präsent. Bevor ich aufspringen konnte, denn ich musste jetzt etwas unternehmen, sah ich einen Mann, der ihr entgegenkam und sie in die Arme nahm. Ich blieb wie angewurzelt sitzen, was hatte ich denn erwartet? Dass sie allein war und nur auf mich gewartet hatte. Eine so schöne Frau musste ja in festen Händen sein, jetzt hatte ich es selbst gesehen. Ehe ich richtig zu mir kam, waren die beiden verschwunden. Lebte sie in Hamburg oder hatte sie hier nur etwas erledigt? Ich wurde unsicher, war sie es gewesen oder war es nur eine Ähnlichkeit?

In den nächsten beiden Jahren ergaben sich einige Veränderungen in meinem Leben. Ich wechselte meinen Job, weil ich ein lukratives Angebot von einer großen Immobilienfirma in Hamburg bekam. Es fiel mir nicht leicht, Berlin zu verlassen, aber nach einigen Monaten zog ich nach Hamburg und richtete mich neu ein. Ich fand eine Dreieinhalb-Zimmerwohnung mit einem großen Balkon. Der war das Wichtigste an der Wohnung. Bei schönem Wetter saß ich aber auch gern an der Alster. Ich fand einen neuen Freundes- und Bekanntenkreis und fühlte mich von Tag zu Tag wohler in Hamburg. Frank und Isa wohnten ebenfalls in Hamburg. Wir waren schon lange befreundet. Wir kannten uns noch aus der Schulzeit. Das hatte mir den Umzug auch etwas erleichtert. Mein Freund Peter hatte eine leitende Stellung in einer Baufirma angenommen. Er blieb in Berlin. Wir sahen uns nicht mehr so oft, aber das tat unserer Freundschaft keinen Abbruch.

Ich hatte einige Beziehungen von unterschiedlicher Dauer. Aber es dauerte nie lange. Die Richtige für mich schien es nicht zu geben. Manchmal dachte ich noch an mein „Grünauge", wie ich sie in Gedanken nannte.

Einige Wochen lang hatte ich eine sehr intensive Beziehung. Ich war mit Frank um die Häuser gezogen. Im *Dompfaff* standen wir mit Bekannten an Stehtischen und unterhielten uns über dieses und jenes. „Wollen wir tanzen?" eine der Frauen nahm mich an der Hand und zog mich auf die Tanzfläche. Sie hatte kurze blonde Haare und blaue Augen. Auf ihrer Nase, die einen kecken Schwung hatte, waren ein paar Sommersprossen verteilt. Wir hatten beide schon ein paar Drinks intus. „Ich hab dich hier noch nie gesehen“. Ihr Blick schien außer Neugierde eine gewisse Bereitschaft zu signalisieren. „Nein, ich war auch noch nie hier, Frank hat mich hierher mitgebracht. Ich finde es sehr angenehm.“ Während des Tanzes zog ich sie probehalber etwas enger an mich, was ihr aber nicht unangenehm zu sein schien. „Es ist schön, mit dir zu tanzen“ Sie ließ es zu, dass ich mit den Fingern ihren Rücken streichelte. Sie legte ihren Kopf an meine Schulter. Nach zwei weiteren Tänzen flüsterte sie mir ins Ohr: „Wollen wir ein Taxi nehmen?“ Wir wollten. Was dann geschah, hatte ich noch nie erlebt. Bevor wir uns versahen, landeten wir auf der Couch in ihrem Wohnzimmer. Unsere anfängliche Gier wandelte sich in eine wunderbare Symbiose von gleichen Wünschen und Handlungen. Ihre Zunge, aber das ist eine andere Sache. Wir redeten zwischen den einzelnen Liebesakten über alles Mögliche, natürlich auch über unser Leben. Manchmal fällt es viel leichter, mit Fremden über sich zu reden, einiges wird einem sogar klarer. Aber was heißt in der Situation fremd?

Als ich am nächsten Morgen in der Frühe mit dem Taxi heimwärts fuhr, fiel mir plötzlich ein, dass wir noch nicht einmal unsere Namen wussten. Tagsüber fiel es mir schwer, mich auf meine Arbeit zu konzentrieren. Diese Frau und diese Nacht gingen mir nicht aus dem Kopf. Am Abend zog es mich, ohne darüber bewusst nachzudenken wieder ins *Dompfaff.* Nach einer guten Stunde und dem dritten Drink kam sie endlich durch die Tür. Ging es ihr genauso wir mir? Es war so. Sie strahlte, als sie mich sah und zwanzig Minuten später saßen wir im Taxi und fuhren zu ihr. Sie hieß übrigens Anna und es wurde wieder eine wunderbare Nacht.

Wir trafen uns in den nächsten Tagen so oft es ging. Die Gemeinsamkeiten bezogen sich jedoch im Wesentlichen auf die körperliche Liebe. Darüber hinaus waren wir zu verschieden. Und da war sie auch wieder, meine Bindungsangst.

Ich musste dann beruflich für eine Woche nach Düsseldorf, danach konnte sie nicht und es verflachte. Als wir uns nach ein paar Wochen zufällig wiedertrafen, natürlich im *Dompfaff*, fragte sie mich, ob ich böse sei, wenn wir uns nicht mehr sehen würden. „Was ist passiert?" fragte ich sie verblüfft. Sie schaute mich offen an: „Ich habe jemanden kennengelernt, das könnte was für länger werden." Ja, so etwas sollte es geben. Ich gönnte es ihr. Im Grunde fiel mir sogar ein Stein vom Herzen. „Ich bin dir nicht böse, denn wir wussten beide, dass wir die Gegenwart genossen haben. Ich wünsche dir wirklich viel Glück." Das meinte ich auch so, denn es hatte uns beiden gefallen. Sie sah mich mit ihren blauen Augen immer noch etwas schuldbewusst an. Ich tippte mit meinem Zeigefinger auf ihre Sommersprossen und sagte lächelnd: „Nun schnapp ihn dir schon, bevor es eine andere tut." Anna entspannte sich und als sie ging, küsste ich sie auf die Stirn. Im selben Moment kam Frank ins Lokal. „Na, immer noch verliebt?“ flachste Frank. „Jeden Tag neu, aber immer eine andere“ grinste ich. „Lass uns lieber ein kühles Blondes trinken und erzähl mir, was du in der Zwischenzeit gemacht hast“.

Frank war ein Phänomen. Er war verheiratet, aber nicht sehr fanatisch. Seine Frau Isa schien damit aber gut klar zu kommen. Frank war abends viel unterwegs. Man kannte ihn halt in den „In-Lokalen“. Was seine Seitensprünge angingen, so liefen sie sehr diskret ab und kaum eine der Damen war ihm ernsthaft böse, wenn sie wieder auseinander gingen. Ein Lebenskünstler halt. Ich hatte den leisen Verdacht, dass seine Frau doch etwas ahnte, aber sie liebte ihn wie er sie auch. „ Ach, ich hatte in letzter Zeit beruflich viel zu tun, bin gar nicht mehr in der Szene.“ Er lachte und wir beide wussten, wie er es meinte. „Außerdem musste ich mich um meine Familie kümmern, Isa stellte schon komische Fragen und du weißt ja, dass sie für mich der wichtigste Mensch ist." Die Bedienung stellte uns ein neues Bier auf den Tresen. „Ja, du hast wohl etwas übertrieben. Ein wenig mehr Familienleben wird eurer Ehe bestimmt gut tun. Manchmal glaube ich, dass du gar nicht weißt, wie gut du es mit Isa getroffen hast. Was soll ich denn sagen? Ich bin immer noch Single." Frank sah mich betont erstaunt an: „ Aber du hast doch gerade eine Frau geküsst, ein Einsiedler scheinst du mir nicht gerade zu sein." „Ja natürlich treibe ich es manchmal mit Frauen, wenn du das meinst. Bei der einen oder anderen hat es ja auch schon mal länger gedauert. Aber bisher war die Richtige noch nicht dabei. Je älter man wird, je wählerischer wird man anscheinend." „ Das ist Quatsch, den irgendjemand mal aus dem Kopf gelassen hat. Wenn du die Richtige triffst, sind solche Überlegungen passe´, glaub es mir. Auch bei dir, mit deinem Trauma." Frank kannte mein Problem. Ich hoffte, dass er recht hatte. Frank entdeckte drei Tische weiter einige Bekannte. „Ich muss mal eben jemand begrüßen, willst du mit?“ Frank war schon aufgestanden. „Nein, geh nur, aber komm wieder, ich vergnüge mich solange mit einem kühlen Pils.“ Ich musste an Franks Worte denken, dass jeder die Richtige findet. Ich wusste nicht, ob ich ihm da folgen konnte, denn Versuche hatte ich ja schon genug gehabt.

Ich erinnerte mich an meine erste ernsthafte Begegnung mit dem anderen Geschlecht. Das Knutschen in der Schule dabei mal außer Acht gelassen. Mit einem Schulfreund fuhr ich zum Tanzen ins Nachbardorf. Wir konnten mit seinem Bruder mitfahren, der bereits ein Auto hatte. Seine Cousine, die gerade zu Besuch war, kam auch mit. Ines war gerade sechzehn geworden und ich kannte sie bisher nur flüchtig. Wir hatten einen großen Tisch erwischt, an dem noch andere Bekannte saßen und es wurde ein lebhafter Abend, es wurde auch einiges getrunken. Ich bemerkte, dass Ines auf mich stand, was mir Mut machte und beim Tanzen mit ihr fiel mir ein, dass man auf dem Dorf zwischen den Tänzen nach draußen ging, um Luft zu schnappen. Das war aber nur die Umschreibung für das Gegenteil. Ich probierte, ob ich sie küssen durfte, ich durfte. Ziemlich intensiv sogar. Als nächstes berührte ich ihre Brust, durfte ich auch. Dies forderte nach einer Weile meine Kühnheit heraus und ich zog vorsichtig ihren Rock hoch um zwischen ihre Beine zu fassen. Spätestens jetzt rechnete ich mit Protest wie vielleicht: Bitte nicht, oder dass sie meine Hand festhalten würde. Aber ich durfte auch das. Nun war es nicht sie, die sich erschrak, sondern das Erschrecken war bei mir, was heißt hier Erschrecken, es war mehr als Panik zu bezeichnen. Denn was sollte ich jetzt machen. Ich hatte keinerlei Erfahrung. Wie kam ich aus der Situation heraus? Ich hatte Glück, denn in der Nähe ging ein Motor an und der Fahrer machte das Licht an. Ich murmelte etwas wie: „Ich glaube, wir müssen hier weg, bevor man uns sieht." Froh, die Kurve gekriegt zu haben, ging ich mit ihr wieder ins Zelt. Wenn ich später darüber nachdachte, kam ich mir ziemlich blöd vor und ich ärgerte mich über mich selbst. Den Rest des Abends war ich ziemlich verlegen, Ines hingegen ließ sich nichts anmerken.

Auf dem Heimweg fragte sie mich, ob ich sie am anderen Tag nicht zum Bahnhof bringen könnte. Natürlich konnte ich. Im Stillen hatte ich gehofft, mit ihr noch einmal allein zu sein, zumal der Bahnhof etwas außerhalb lag. Aber daraus wurde nichts, beide Brüder kamen mit. Wahrscheinlich wollten sie die großen Beschützer für ihre Cousine sein. Als der Zug in den Bahnsteig einlief, hielt Ines es nicht mehr aus und sie küsste mich so intensiv, dass sie beinahe die Abfahrt verpasst hätte. Ihre beiden Cousins wirkten ziemlich mürrisch. Wir schrieben uns danach noch ein paarmal Briefe. Die Abstände wurden aber immer länger und irgendwann hörten wir auch damit auf. Ich weiß gar nicht mehr, wer als erster nicht mehr geantwortet hat. Ich habe Ines nie wieder gesehen.

Ich bestellte zwei frische Biere, als ich sah, dass Frank zurückkam. Nach zwei weiteren Gläsern brachen wir auf, Frank sollte Isa nicht warten lassen und ich hatte morgen Nachmittag einen wichtigen Termin, für den ich mich am Vormittag noch vorbereiten wollte. Wir hatten übrigens vereinbart, dass ich ihn unbedingt anrufen sollte, wenn Peter mich mal wieder besuchen würde. Auf dem Heimweg dachte ich an Anna. Ein bisschen war ich traurig.

In den nächsten Monaten nahm mich mein Job stark in Anspruch. Den üblichen Ärger mit Kunden, die Ansprüche stellten, die niemand befriedigen konnte. Aber die Kundschaft wurde in den letzten Jahren aggressiver und anspruchsvoller. Mein Problem war, dass ich immer jeden Wunsch erfüllen wollte. Damit setzte ich mich selbst unter Druck und hatte mehr Stress als manche meiner Kollegen. Aber ich war aus meinem Elternhaus präzises Arbeiten gewohnt und keiner konnte aus seiner Haut. Ich leitete die Verwaltung der Fremdimmoblien. Deren Besitzer konnten oder wollten sich damit nicht beschäftigen. Ich kümmerte mich auch um die nötigen Handwerker bei Renovierungen. Als Bauingenieur konnten mich die Handwerker nicht übers Ohr hauen.

Als ich mich an einem Samstag mal wieder mit Frank traf, natürlich im *Dompfaff*, wollten wir nur in Ruhe ein paar Biere trinken und ein wenig quatschen. Wir saßen schon eine Stunde an der Theke, als eine Frau im langen Abendkleid sich dazu setzte. Sie war allein gekommen. Sie bestellte eine Flasche Champagner und schien in Gedanken zu sein. Plötzlich blickte sie uns an: „Trinkt ihr ein Glas mit mir zusammen?“ Ich war etwas überrascht. „Gern“, hörte ich mich sagen. Wir tranken uns zu und unterhielten uns über belanglose Dinge. Frank wollte mir nach einer Weile anscheinend etwas Gutes tun. Ihm fiel ein, dass er ja noch mit seiner Frau verabredet sei, die er bei einer Freundin abholen sollte. Beim Abschied zwinkerte er mir zu. Ich hatte ihn im Verdacht, dass er gern an meiner Stelle gewesen wäre. Als wir allein waren, fing die Unbekannte an, mir ihr Herz auszuschütten. Sie war von einer Hochzeitsfeier weggelaufen, weil sie sich mit ihrem Lebensgefährten gestritten hatte. Schon seit einiger Zeit hatten sie entdeckt, dass sie in vielen Dingen unterschiedlicher Ansicht waren. Seine Mutter mischte sich außerdem in ihre Beziehung ein. „Stell dir vor, du schmust mit deinem Freund auf der Couch im Wohnzimmer, hast kaum noch etwas an und plötzlich kommt die Mutter ins Zimmer, ohne anzuklopfen. Nein, sie zieht sich auch nicht diskret zurück, sie will von ihrem Sohn eine unwichtige Auskunft. Und er, was macht er, er hört auf zu schmusen und kümmert sich um seine Mutter. Ich bin Luft für sie. Ich mache Schluss mit diesem Waschlappen.“ Sie hatte sich in Rage geredet. Dabei sah sie sehr süß aus. Mein Part schien im Moment mehr das Zuhören zu sein. Aber das konnte ich schon immer gut. „Komm, tanz mit mir.“ Sie wartete meine Zustimmung gar nicht ab, sondern zog mich auf die kleine Tanzfläche vor der Bar. Sie brauchte Nähe und so tanzte sie sehr eng mit mir. Ich wehrte mich auch nicht wirklich dagegen, denn sie gefiel mir. „Wollen wir woanders hingehen, wo es gemütlicher ist?“ fragte ich sie. „Ich kenne eine kleine gemütliche Bar.“ Zustimmend schmiegte sie sich noch enger an mich. „Lass mich heute nicht allein“, flüsterte sie mir ins Ohr. Wir bestellten ein Taxi. Im Wagen küsste sie mich intensiv. Gleichzeitig liefen ihr die Tränen übers Gesicht. In der Bar redeten wir dann über die Probleme des Lebens und wir wurden immer vertrauter. Unsere Ansichten waren in vielen Dingen ähnlich. Zwischendurch küssten wir uns und es war klar, dass wir auch die Nacht zusammen verbringen würden. Sie wirkte in ihrem Abendkleid immer noch sehr elegant, ihr langes blondes Haar fiel ihr über die Schultern und das üppige Dekolleté versprach eine ganze Menge. Mit ihren wunderschönen braunen Augen sah sie mich verliebt an. Ich musste zwischendurch zur Toilette und machte mich etwas frisch. Zurück am Tisch stellte ich fest, dass sie wohl das gleiche Bedürfnis hatte. Es dauerte ziemlich lange. Als ich den Ober fragen wollte, kam er an unseren Tisch: „Die Dame ist schon gegangen." Er verzog keine Miene, aber ich hatte den Verdacht, dass er sich ein Grinsen verkneifen musste. Ich bezahlte und bestellte ein Taxi. Im ersten Moment war ich natürlich sauer, aber nach einer Weile verstand ich sie. Sie wollte ihren Freund mit mir bestrafen. Aber es hätte immer diesen Beigeschmack behalten. Sie liebte ihn wahrscheinlich trotz allem immer noch. Im letzten Moment hatte sie deshalb die Kurve gekriegt, wie man so schön sagt. Ich musste schmunzeln und konnte ihr nicht böse sein, aber schade war es trotzdem. In der Nacht träumte ich ziemlich wirres Zeug durcheinander. Eine unbekannte Frau kam in einem langen Kleid auf mich zu. Sie hatte grüne Augen.

Als Frank mich am anderen Tag anrief, war er natürlich neugierig und wollte wissen, wie es denn gelaufen sei. Ich erzählte ihm nur, dass wir einen wunderschönen Abend verlebt hatten. Weitere Auskünfte müsse ich als Gentleman jedoch ablehnen. Ich musste ihm ja nicht unbedingt von meiner Niederlage berichten, aber war es eine? Frank hakte dann auch nicht weiter nach, er kannte mich. Wenn ich einmal nein sagte, dann hieß das auch nein. Manchmal bewunderte er meine Konsequenz. Ich fragte ihn aber noch, ob er auch gleich nach Hause gefahren sei. „Keine Sorge, bin ich. Isa war ganz erschrocken, dass ich so früh zurück war. Ich hatte ihr erzählt, dass wir beide einen trinken wollten. Dass ich gehen musste, weil du mit deiner neuen Flamme allein sein wolltest, habe ich ihr übrigens nicht gesagt. Aber weil sie vermutet, dass du dafür gesorgt hast, dass ich früh nach Hause kam, hast du bei ihr jetzt noch einen weiteren Heiligenschein bekommen." Frank war wohl doch etwas sauer, weil ich ihm nicht mehr erzählt hatte.

In den nächsten Monaten hatte ich auch zweimal in Berlin zu tun. Peter konnte sich einmal freimachen und wir aßen zu Mittag im Europacenter. „Paula trägt sich ernsthaft mit Heiratsabsichten, allerdings hat ihr Freund sie noch nicht gefragt." Peter grinste. „Ihr Freund weiß gar nicht, warum sie manchmal so komisch ist. Er scheint noch ziemlich ahnungslos zu sein. Aber das ist ja ganz normal mit uns Männern. Aussuchen ist immer noch Sache der Frauen. Wir dürfen es nur nicht merken." Ich winkte dem Ober zu und bestellte uns noch einen Espresso. „Wie ist es denn mit dir, wann wirst du ausgesucht?" flachste ich Peter. Peter war bei Frauen wesentlich vorsichtiger als ich. Seine Beziehungen waren an einer Hand abzuzählen, im Gegensatz zu mir. Aber bei mir hatte es ja trotzdem noch nicht geklappt. Peter kriegte seinen geheimnisvollen Blick.

„Das möchtest du wohl gern wissen, aber leider konnte ich dir Karla heute nicht vorstellen.“ „So so, Karla heißt sie also, seit wann verschweigst du sie mir?“ Ich war überrascht, es musste ganz frisch sein. „Sie ist einfach wunderbar, ihre Augen, ihre Haare, ihr Mund. Ihre warmherzige Art hat mich vom ersten Augenblick an verzaubert.“ So kannte ich Peter gar nicht. „Du wirst sie bald kennenlernen, aber heute musste sie zu ihrer Schwester nach Hannover fliegen. Eine wichtige Familienangelegenheit. „Erzähl mal, wie alt ist sie, was macht sie, wie habt ihr euch kennengelernt?“ jetzt wurde ich neugierig.

„Es war Zufall“ schmunzelte Peter. „Ich war bei Bekannten eingeladen, hatte aber gar keine große Lust. Ich wollte schon absagen, als es an meiner Tür klingelte. Einer der Gäste, der in meiner Nachbarschaft wohnte, bot sich an, mich mitzunehmen. Jetzt hätte eine Absage blöd ausgesehen und ich fuhr mit. Die Party wurde besser als vorher befürchtet. Es waren auch einige alte Bekannte da, die ich lange nicht mehr gesehen hatte. Als ich in der Küche nach einer Flasche Wasser suchte, stieß ich beim Drehen mit einer Frau zusammen, die mir schon den ganzen Abend aufgefallen war, und sie verschüttete fast ihr Glas. Sie war im ersten Moment erschrocken, aber dann lachten wir beide. Ich entschuldigte mich und wir kamen ins Gespräch. Dass es länger dauerte, merkten wir erst, als man uns im Wohnzimmer vermisste. Am nächsten Abend gingen wir zusammen Essen. Sie ist wunderbar." Peter kam mir vor, wie ein verliebter Pennäler. „Torben, wenn du sie siehst, wirst du es bestätigen." Wir bestellten noch einen Kaffee. „Ja, die Sache zwischen Männlein und Weiblein ist wirklich nicht ganz einfach. Kannst du dich noch an unsere Frauen in Österreich erinnern?" Peter überlegte einen Moment. „Du meinst unseren Urlaub in Tirol, als meine Zimmervermieterin uns eingeladen hatte." „Genau den meine ich, als wir uns noch nicht mal getraut haben, die

Mädchen zu küssen." „Du schon, Torben" Peter lachte. „Aber irgendwie waren es immer die Falschen."

Was Peter meinte, wusste ich. In der Pension auf einem Bauernhof waren zwei Tage nach uns zwei junge Mädchen angekommen. Die eine hatte einen blonden Pagenkopf, die andere hatte lange schwarze leicht gelockte Haare. Inzwischen hatten wir aber schon zwei nette Mädels kennengelernt, die mit einer Gruppe in einem Jugendheim Urlaub machten. Um das Dilemma zu vervollkommnen, hatte uns die Wirtin von Peter vorgeschwärmt, dass in vier Tagen zwei weitere Mädchen in der Pension ankommen würden. Sie kannte die beiden schon vom Vorjahr. An die müssten wir uns unbedingt heranmachen, die beiden wären absolute Spitze.

Wir wählten dann erst mal den bequemeren Weg und verbrachten zwei Tage mit den beiden Mädels aus unserer Pension. Tagsüber zum Baden fuhren wir zu viert mit meinem Golf und abends, wenn wir etwas trinken wollten fuhren wir mit dem Polo der beiden. Dabei hatten wir aber immer die Gedanken an die beiden Supermädels im Kopf, die ja noch kommen sollten. Es waren aber trotzdem schöne Tage mit den Beiden. Am zweiten Tag sahen uns dann auch noch die beiden und eigentlich viel hübscheren Mädels aus dem Jugendheim und waren stinksauer. Als dann die Angepriesenen kamen, mussten wir feststellen, dass diese derart arrogant und von sich überzuckert waren, dass wir gar nicht erst den Versuch machten, diese näher kennenzulernen. Anscheinend wollten diese von uns auch nichts wissen. Um die Katastrophe komplett zu machen, hatten unsere Mädels mit dem Polo natürlich auch was mitbekommen und fühlten sich benutzt als Platzhalter. Nach dem Motto, mal sehen, ob sich nicht noch was Besseres findet. Als wir uns am letzten Abend von ihnen verabschiedeten, hatte ich zwar *meine* geküsst, aber Peter hatte sich überhaupt nicht getraut. Eigentlich hatten uns die beiden aus dem Jugendheim am besten gefallen. Aber die hatten mit uns nichts mehr im Sinn. Insgesamt also ein Reinfall, aber lang war´s her.

„Lass uns am Wochenende mal telefonieren, ich bin zwar nicht neugierig, aber über Karla will ich alles wissen.“ Ich freute mich für ihn. Leider mussten wir aufbrechen, Termine, Termine.

Ich kannte Peter schon aus der Schulzeit. Wir waren auf das gleiche Gymnasium gegangen, allerdings in Parallelklassen. Beidc waren wir Klassensprecher und hatten deshalb oft Kontakt über die Klassengrenze hinweg. Wir ergänzten uns gut. Ich war der etwas Lebhaftere, Peter der Besonnene. Einmal geriet Peter in eine Rangelei, die sich in eine üble Prügelei entwickelte. Zum Schluss hatte er es mit drei ziemlich kräftigen Mitschülern zu tun. Ich kam zufällig vorbei und mischte sofort mit. Vereint gelang es uns denn, die anderen zu verdreschen. Dabei hatten wir allerdings auch allerhand abbekommen. Unsere Gesichter waren blutverschmiert und Peters neue Jacke sah auch nicht mehr gut aus. Er traute sich nicht, damit nach Hause zu gehen. Seine Eltern waren ziemlich streng, aber das lag auch daran, dass sie jeden Pfennig zweimal umdrehen mussten. Ich nahm Peter mit zu meinen Eltern. Wir wurden von meiner Mutter verarztet und die Jacke von Peter bekam sie auch wieder in den Griff. Wir wurden Freunde, die sich aufeinander verlassen konnten. Dass wir über alles reden konnten, versteht sich von selbst. Und nun war Peter ernsthaft verliebt.

Am Sonntag rief Peter mich an und er erzählte mir noch mehr über Karla. Sie war 29 und damit 6 Jahre jünger als Peter. Gute Kombination dachte ich mir, obwohl ich da kein Dogma hatte, andere Dinge waren wichtiger als das Alter. Sie arbeitete bei einem Juwelier und was so etwas wie eine Assistentin. Der Job gefiel ihr und die Kolleginnen und Kollegen verstanden sich sehr gut, bei einem kleinen Team von 6 Personen nicht zu unterschätzen. Ich kannte andere Fälle. Sie hatte eine vierjährige Tochter aus einer früheren Beziehung, die jedoch kurz nach der Geburt ihrer Tochter auseinanderging. Darüber sprach sie nicht gern. „Sie hat vor kurzem durch Zufall erfahren, dass sie noch eine Halbschwester hat. Sie ist 3 Jahre jünger als sie. Ihr Vater hat nie davon gesprochen. Warum auch immer." „Wusste ihre Mutter nichts davon?" „Anscheinend nicht, der Vater wollte wohl seine Familie damit nicht belasten. Er ist vor einem Jahr verstorben. Probleme mit der Leber." Peter schien nachzudenken. „Was würdest du in einem solchen Fall machen? Hättest du den Wunsch, deine Halbschwester kennenzulernen? Vielleicht will die ja gar nichts von ihr wissen." „Ja, natürlich wollte ich die kennenlernen, aber man müsste es wohl vorsichtig angehen und nicht mit der Tür ins Haus fallen. Vielleicht ist sie ja in einer Familie aufgewachsen und hält den Mann ihrer Mutter für ihren Vater. Stell dir vor, was man da alles anrichten kann." „Darüber haben wir auch schon gesprochen, Karla sieht das auch so. Aber zuerst müssen wir sie überhaupt erst einmal finden. Dann muss man überlegen, wie man weiter vorgeht. Darüber könnt ihr euch ja am nächsten Samstag austauschen. Komm nach Berlin, du kannst natürlich bei mir schlafen und wir können uns mal wieder richtig ausquatschen." „Ich kann noch nichts versprechen, aber ich werde es versuchen. Natürlich bin ich auch neugierig auf Karla." „Und sie ist neugierig auf dich", antwortete Peter. Ich hab ihr natürlich schon von dir erzählt. Ihr werdet euch bestimmt verstehen. Falls du zurzeit eine feste Freundin hast, ist die ebenfalls herzlich eingeladen." Peter haute gern auf den Busch. Er meinte es aber gut mit mir, denn er hatte Franca gekannt.

Am nächsten Samstag fuhr ich mittags mit dem ICE nach Berlin, den Besuch bei meinem Bruder hatte ich verschoben. Überhaupt mein Bruder – ein Fall für sich. Das Wort

Biedermann traf wohl auf ihn am ehesten zu. Bei ihm war natürlich alles geordnet. Familie mit zwei Kindern. Mittags um zwölf wurde gegessen. Wenn beide damit klarkamen, war es aber auch in Ordnung. Durch seine bodenständige Art hatte er mir nach Athen trotzdem auch einen gewissen Halt gegeben. Aber ich wollte jetzt nicht darüber nachdenken. Ich freute mich auf den Abend mit Karla und Peter. Die Landschaft zog draußen vorbei, aber ich nahm sie nicht bewusst wahr.

Meine Gedanken gingen 6 Jahre zurück und die Zeit in Athen erschien plötzlich vor meinem inneren Auge. Wie immer stellte sich eine traurige Wehmut ein und die Ereignisse von damals waren auf einmal wieder vor mir, als sei es gestern gewesen. Wir hatten zu sechst eine Woche Urlaub in Griechenland gemacht. Peter war damals auch dabei und noch vier weitere Freunde und Kollegen. Alle waren wir geschichtlich interessiert und so waren Besichtigungstouren angesagt. Einer von uns kam auf die Idee, wir könnten uns doch einen privaten Reiseführer engagieren, der uns die antiken Stätten auch viel genauer erklären könnte als ein Buch. Die Idee gefiel uns allen und so baten wir den Portier unseres Hotels, uns einen Reiseleiter zu besorgen. Kein Problem, natürlich kannte er jemand, der das machen könnte, aber nicht offiziell. Eine italienische Studentin, die gut deutsch sprach. Wir waren einverstanden und sie holte uns am nächsten Morgen um 9.00 im Hotel ab. Die Tour für den Tag planten wir so, dass wir uns auch den Kanal von Korinth ansehen konnten. Wir kannten ihn bisher nur von Bildern. Der Kanal war schon beeindruckend, vor allem, wenn man nicht frei von Höhenangst ist wie ich. Tief unten fuhren zwei Schiffe durch den Kanal, wie Spielzeugschiffe. Ich traute mich nur ganz vorsichtig an das Geländer, um hinabzusehen. Es wurde ein wunderschöner Tag. Unterwegs machten wir Picknick mit Fladenbrot, Käse und Rotwein. Bernd erbot sich dann, den Bus zu fahren. Er machte sich nichts aus Alkohol. Nach kurzer Überlegung stimmte Franca zu. Sie freute sich, mit uns auch ein Glas Wein zu trinken. Bernd machte es allerdings zur Bedingung, dass er pro Flasche Wein, die wir tranken, ein Eis von uns bekam. In der Bucht weit unter uns lagen mehrere Schiffe, fast schon eine Flotte. Wir diskutierten darüber, welchen Wert diese Schiffe wohl zusammen hätten. Im Laufe des Tages kam ich mit Franca, unserer Reiseleiterin, immer intensiver ins Gespräch. Wenn sie uns etwas erklärte, blitzten ihre braunen Augen. Manchmal fiel ihr eine Strähne ihres halblangen kastanienbraunen Haares vor die Augen. Mit einer eleganten Handbewegung warf sie die Strähne nach hinten. Dies geschah mit einem derartigen Automatismus, dass sie darüber gar nicht nachdachte. Mir gefiel diese Bewegung. Als sie es bemerkte, lächelte sie mich jedes Mal dabei an. Mein Italienisch war nur bruchstückhaft, ihr Deutsch deutlich besser, aber wir fielen immer mehr ins Englische, was wir beide fließend sprachen. Übrigens zum Missfallen der anderen. Abends in Athen wollten wir uns nach dem Umziehen im Hotel in einem rustikalen Restaurant in der Plaka, der Altstadt treffen. „Hältst du einen Platz für mich frei?“ fragte mich Franca noch im Bus. Wir setzten sie in ihrer Straße ab und fuhren weiter in Hotel. Schon ging das Necken los: „Geht das heute Abend auch auf Umlage oder ist Franca dein Gast? Sollen wir überhaupt mitkommen?“ Ein wenig Neid schien dabei mitzuschwingen. Ich grinste nur.

Im Restaurant erwartete uns ein typisch griechisches Menü. Allein das Vorspeisenbuffet war abendfüllend, dafür war das Hauptgericht dann aber nicht so riesig, wie wir es in Deutschland gewöhnt sind. Gyros, für uns in Deutschland ein typisches griechisches Essen, ist in Griechenland selbst völlig unbekannt. Die Weine waren sehr süffig und bekömmlich. Die Nachspeisen waren dann noch mal eine Verführung. Wir unterhielten uns angeregt über den heutigen Ausflug und planten mit Franca den nächsten Tag. Der Sonnenuntergang am Kap Sounion mit dem Poseidon Tempel sollte der schönste der Welt sein. Den wollten wir unbedingt sehen. Franca schlug uns eine Route vor, die von allen akzeptiert wurde. Wir konnten unsere Reiseführer wieder zuklappen. „Wann wollen wir morgen aufbrechen?“ fragte Peter und fügte mit einem scheinheiligen Unterton hinzu: „Ich weiß ja nicht, wann der eine oder andere schlafen geht.“ Er sah mich dabei an, ohne eine Miene zu verziehen. Ich wusste genau, wie das gemeint war, ich kannte meinen Freund Peter. Franca schien das nicht bemerkt zu haben und schlug vor, um 10.00 vor dem Hotel mit dem Bus zu warten. Damit waren alle einverstanden. „Ich bin müde“, sagte Peter nach einer Weile. „Wer kommt mir ins Hotel?“ Die anderen mussten wohl auch müde zu sein, denn sie wollten ebenfalls aufbrechen. Franca und ich waren überhaupt noch nicht müde. Wir wollten noch in Ruhe austrinken.

Als sich die anderen verabschiedeten und uns noch einen schönen Abend wünschten, nicht ohne einen Hauch von Unterton in der Stimme, taten wir so, als ob wir das gar nicht bemerkten. Innerlich musste ich grinsen. Jetzt konnten wir uns endlich wieder allein unterhalten, ohne unhöflich gegenüber den anderen zu sein. Wir redeten noch zwei Stunden über uns, über griechische Geschichte und wieder über uns. Eine wunderbare Vertrautheit stellte sich ein und langsam kam das berühmte Kribbeln im Bauch dazu. „Bringst du mich nach Haus? Wir müssen ja morgen wieder fit sein. Aber ich wohne in einer WG und die anderen Mitbewohner sind bestimmt schon zu Hause.“ Sie sah mich mit einer Entschuldigung im Blick an. „Kein Problem, wir sehen uns ja morgen. Ich werde von dir träumen.“ Es wäre mir auch zu schnell gegangen, denn Franca sollte nicht nur eine Affäre sein. Wir gingen händchenhaltend durch die Straßen der Altstadt. Als wir einmal stehenblieben, nahm ich sie in die Arme und wir küssten uns zärtlich und gleichzeitig verlangend. Vor ihrem Haus küssten wir uns wieder bis sie sich losriss und ins Haus lief. Ich ging langsam weiter zu unserem Hotel. In Gedanken versunken merkte ich erst nach einer Weile, dass ich glatt am Hotel vorbeigelaufen war.

„De Fahrscheine bitte!“ Die freundliche Stimme einer netten Schaffnerin riss mich aus meinen Gedanken. „Wie lange fahren wir noch bis Berlin?“ wollte ich wissen. „Ne jute halbe Stunde, denn sind se am Bahnhof Zoo“ teilte mir die rothaarige und sehr fröhliche Berlinerin mit. Ich beschloss, noch einen Espresso im Speisewagen zu trinken.

Peter holte mich am Bahnhof ab und wir fuhren zu seiner Wohnung. Peters Wohnung war sehr ausgewählt eingerichtet. Nicht überladen, sondern so, dass die Einzelstücke auch wirkten. Trotzdem war es keine Ausstellungshalle, sondern man fühlte sich sofort wohl. Selbst die Ledergarnitur – ich mochte kein Leder – wirkte einladend. Schräg in einer Ecke stand ein schwarzes

Klavier. Peter konnte recht passabel darauf spielen, aber er tat es viel zu selten, wie er zugab. Ich bewunderte die Leute, die so etwas spielen konnten. Leider hatte ich früher keine Gelegenheit dazu gehabt und vielleicht auch nicht den Fleiß. Als Kind hatte ich manchmal auf der Geige meines Vaters gespielt. Ich konnte zwar ein paar Lieder spielen, hatte aber dann damit wieder aufgehört. Heute könnte ich mich manchmal dafür in den Hintern beißen. Der Wunsch, Klavierspielen zu lernen, war aber noch in mir vorhanden. Vielleicht stellte ich mir das aber auch zu leicht vor. Nur weil ich das Zehnfingerschreiben beherrschte, konnte ich bestimmt noch kein Klavier spielen. Aber der Mensch braucht ja auch Wünsche.

Karla hatte darauf bestanden, selbst zu kochen. Sie war eine ausgezeichnete Köchin. Als Hauptgericht gab es gegrillten Lachs mit Kartoffelgratin. Dazu gab es grünen Salat mit Zitronendressing. Hinterher als Dessert eine Creme aus Himbeeren und Mascapone mit einem Schuss Himbeergeist. Wir hatten gleich einen Draht zueinander und wir plauderten beim Kaffee auf dem großen Balkon, als wenn wir uns schon länger kannten. Ihre langen blonden Haare trug sie offen, sie fielen weit über die Schultern hinab. Sie hatte blaugrüne Augen und einen ausdrucksstarken Mund, vielleicht etwas zu breit. Sie schaute einem beim Sprechen direkt in die Augen und sie hatte ein sehr herzliches Lächeln. Man konnte Peter nur gratulieren. Ihre Tochter war heute bei ihrer Mutter, die sich auch sonst oft um sie kümmerte, die beiden verstanden sich ausgezeichnet. „Peter hat schon viel von dir erzählt, aber keine Angst, nur die guten Sachen“ scherzte sie. „Dafür hat er mir eine so wunderschöne Frau verschwiegen“ konterte ich. „Vielleicht wollte er erst auf Nummer sicher gehen“. „Und?“ fragte ich, „ist er jetzt sicher?“ „Hätte er mir sonst einen Heiratsantrag gemacht?“ Nun war ich doch geschockt, denn Peter war in seinen Entscheidungen immer sehr sorgfältig. So muss ich auch ausgesehen haben, denn beide prusteten los vor Lachen. Ich musste mit lachen. „Schenk ein, da muss ein Trinkspruch her.“ Betont pathetisch erhob ich mein Glas: „Ich gratuliere dem Brautpaar und ich wünsche euch ein langes gemeinsames Leben, Reichtum und großen Kindersegen. Karla, ich vertraue dir meinen besten Freund an.“ „Danke, über die Größe des Kindersegens sollten wir aber noch einmal sprechen“, lachte Karla. Wir tranken die Gläser in einem Zug aus.

Später beim Abendessen fragte ich nach ihren Nachforschungen bezüglich ihrer Halbschwester. „Wir haben Unterlagen gefunden, aus denen hervorging, dass mein Vater Alimente bezahlt hat. So ein Schlimmer“ fügte sie schmunzelnd hinzu. „Warum hat er aber auch nie darüber gesprochen? Er wollte uns sicher schonen. Aber es muss auch für ihn eine innerliche Belastung gewesen sein, damit fertig zu werden und es auch noch geheim halten zu müssen. Und vielleicht hätte ich früher auch anders darüber gedacht als heute. Man wird schließlich reifer. Heute möchte ich meine Halbschwester gern kennenlernen, Katrin, meine ältere Schwester möchte das auch." „Wie muss man dabei vor gehen?" wollte ich wissen. „Geht man einfach zum Einwohnermeldeamt und fragt dort nach?" „Das haben wir schon gemacht, gegen Gebühr bekommt man Auskunft. Aber in Hannover war sie nicht gemeldet. Wir haben auch nur ihren Mädchennamen, sie kann ja inzwischen verheiratet sein. Vielleicht findet meine Schwester noch weitere Unterlagen, aus denen mehr hervorgeht." „Wenn alle Stricke reißen, dann beauftragen wir eine Detektei" schlug Peter vor. „Wenn das für dich wichtig ist, werden wir das auch herausfinden, in Deutschland geht schließlich niemand verloren." „Gibt es keine zentrale Einwohnermeldestelle für die gesamte Bundesrepublik?" wollte ich wissen. „Nein, es gibt über 5.000 Einwohnermeldeämter in Deutschland, und das mal zehn Euro Gebühr, das wird ganz schön teuer. Die Polizei kann das bestimmt, denn die zahlen sicher keine Gebühr, aber sind wir die Polizei?" erwiderte Karla. „Wenn wir den ersten Wohnsitz hätten, dann wäre es kein Problem, denn alle Umzüge sind ja meldepflichtig, aber es fehlt uns halt der Anfang." Wir diskutierten noch eine Weile die unterschiedlichsten Ideen und kamen dann zu dem Ergebnis, die Suche nach weiteren Unterlagen abzuwarten.

Wir wechselten dann das Thema und unterhielten uns über einige aktuelle politische Dinge. Manchmal ist so etwas ganz schön aufschlussreich. Entweder man stellt Gemeinsamkeiten fest oder ist oft erstaunt über eine völlig andere Sicht der Dinge. Bis auf einige Nuancen lagen wir in der Bewertung aber oft auf der gleichen Wellenlänge. Karla erzählte aus ihrem Leben einige Begebenheiten, ich ein paar aus meinem Leben. Peter war wie immer, etwas ruhiger, aber er schien unsere Unterhaltung zu genießen. Er freute sich, dass Karla und ich uns so gut verstanden. „Was macht dein Liebesleben?" wollte Peter wissen. „Du weißt ja, nicht Festes“ wich ich aus. Peter kannte mein Problem. Seit damals konnte ich mich nicht mehr verlieben. „Die Frauen müssen blind sein“ meinte Karla. „Ich glaube, es liegt nicht so sehr an den Frauen“ warf Peter ein. „Torbens Problem liegt tiefer, er kann seine große Liebe nicht vergessen. Vielleicht wird er es dir irgendwann mal erzählen.“ Karla war feinfühlig und drang nicht weiter auf mich ein. Sie wechselte das Thema und ich war ihr dafür dankbar. Peter hatte wirklich Glück.

Nach dem Frühstück am Sonntagmorgen, ich hatte im Gästezimmer geschlafen, machten wir noch einen kleinen Stadtbummel, bevor die beiden mich zum Bahnhof brachten. Karla und Peter versprachen, mich bald in Hamburg zu besuchen. Vielleicht konnten wir dann auch Frank und Isa einladen, wenn sein Zeitplan es zuließ. Im Zug wollte ich noch ein paar Unterlagen durcharbeiten, aber ich konnte mich nicht konzentrieren und so zog ich es vor, den Speisewagen aufzusuchen. Alle Tische waren besetzt und ich überlegte gerade, mich irgendwo dazu zu setzen, als ich noch einen Tisch entdeckte, der gerade frei wurde. Ich kam dort gleichzeitig mit einer jungen Frau an. Selbstverständlich bot ich ihr den Tisch an, aber sie bestand darauf, dass ich mich dazusetzte. Sie hatte lange rote Haare und graue Augen, eine seltene Kombination. Ob die Haare gefärbt waren, konnte ich nicht erkennen. Sie hatte ein offenes Gesicht und schien sehr selbstsicher zu sein. „Darf ich Sie wenigstens zu einem Kaffee oder Cappuccino einladen?“ fragte ich sie. „Wenn das keine Anmache ist, gern“, scherzte sie. Unser Geplänkel entwickelte sich dann aber doch in einen ziemlich heftigen Flirt. Wir mochten uns. Kurz vor Hamburg wurde ich etwas ernsthafter: „Wäre es sehr vermessen, wenn ich Sie heute Abend zum Essen einladen würde?“ Ich konnte es mal wieder nicht lassen. „Vermessen nicht, aber mein Freund hätte bestimmt was dagegen. Es war eine schöne Fahrt mit Ihnen, aber leider zum falschen Zeitpunkt." Sie schien es ebenfalls zu bedauern. Auf dem Bahnsteig winkten wir uns noch einmal zu, dann war sie verschwunden. C ést la vie. Ich musste ohnehin noch meine Unterlagen durcharbeiten.

Beim Rasieren überlegte ich, was ich heute Abend anziehen sollte. Ich entschied mich für den blauen Blazer und die dunkelgraue Hose, dazu ein gestreiftes Hemd und eine schlichte Krawatte. Ich zog mich zwar auch oft leger an, aber ich wollte flexibel bleiben und trug deshalb auch gern Anzüge. Ich hasste solche Glaubenssätze, wie: Ich trinke erst ab 18 Uhr Alkohol. Ein Kollege nervte mich damit schon seit Jahren. Peter und Karla kamen heute Nachmittag aus Berlin und wir hatten uns im Hotel *4-Jahreszeiten* zum Dinner verabredet. Frank und seine Frau Isa kamen auch. Isa hatte gefragt, ob sie ihre Freundin mitbringen durfte. Alte Kupplerin! Aber warum nicht, sie meinte es ja nur gut mit mir. Ohne die Unterstützung meiner

Freunde hätte ich bestimmt noch mehr Probleme seit damals. Ich bestellte für 18.30 ein Taxi, sicher ist sicher, denn ich hatte es schon erlebt, dass kurzfristig abends kein Wagen zu bekommen war, speziell am Freitag.

Ich kam zeitgleich mit Frank im Hotel an. Isa stellte mir ihre Freundin Vanessa vor und richtete es so ein, dass sie am Tisch neben mir saß. Ich wusste natürlich, warum. Gemischte Runden finde ich aber ohnehin schöner, sonst reden Frauen über Frauenthemen und die Männer über den Job oder über Fußball. Vanessa kam mir seltsam vertraut vor, aber das konnte nicht sein, vielleicht war es eine Ähnlichkeit. Sie hatte grüne Augen. Das war´s vielleicht! Aber ihre halblangen Haare waren blond. Da hatte mir wohl die Phantasie einen Streich gespielt. Sie war sehr dezent geschminkt und trug eine weiße Bluse zum schwarzen Rock. Einige Männer sahen verstohlen zu ihr herüber. Sie wirkte. Zehn Minuten später kamen Karla und Peter. Sie hatten sich schon auf ihrem Zimmer frisch gemacht. Peter hatte darauf bestanden, mit Karla im Hotel zu wohnen. Karla hatte ihr Haar hochgesteckt und trug eine Perlenkette als einzigen Schmuck. Peter trug, wie ich, einen blauen Blazer. Ein schönes Paar, ging es mir durch den Kopf. Ich versuchte, die drei Frauen zu vergleichen. Welche von ihnen war die Schönere? Aber das ging nicht. Jede hatte für sich das gewisse Etwas. Isa mit ihren langen blonden Haaren und den blauen Augen war ebenfalls eine Augenweide. Auf jeden Fall war sie die größere von den Dreien. Es ist schon seltsam mit uns. Man begegnet im Leben vielen Menschen, von denen uns die meisten emotional überhaupt nicht ansprechen, neutrale Personen sozusagen. Bei Männern ist das Interesse an Frauen naturgemäß höher, umgekehrt ist es genauso. Aber bei manchen Frauen entsteht auf seltsame Art sofort ein gesteigertes Interesse, im besten Fall beruht das dann sogar auf Gegenseitigkeit. Daraus wird nicht immer oder nicht immer sofort Liebe, aber eine gesteigerte Sympathie ist sofort vorhanden. Es entsteht der Wunsch nach näherem Kennenlernen. Daraus kann auch eine wunderbare Freundschaft entstehen. Selten täuscht dabei der erste Eindruck. Dabei fällt mir auch der Satz ein von dem Zauber der ersten Begegnung. Dieser Zauber ist tatsächlich einmalig. Bei Karla, Isa und auch Vanessa hatte ich dieses Gefühl. Karla und Isa waren natürlich tabu für mich, Vanessa machte mich neugierig. Gleichzeitig kam wieder dieses Gefühl der Vorsicht kurz in mir auf. Ich rief mich zur Ordnung, denn ich wollte den Abend mit meinen Freunden genießen.

Karla sah die anderen heute das erste Mal und sie schienen sich auf Anhieb gut zu verstehen. Alles andere hätte mich auch gewundert, denn Karla musste man einfach gern haben. Ich sowieso. Wir plauderten drauflos und es war niemals langweilig. In einem Kreis von sechs Personen hatte man den Vorteil, dass alle an den Gesprächen teilnehmen konnten. Vanessa entpuppte sich als sehr lebhaft und schlagfertig und ihre Gabe der Situationskomik löste manche Heiterkeit aus. Nach dem Essen gingen wir in die Bar und ich bestellte eine Runde Sambuca zur Verdauung. Als Vanessa zum Nasepudern ging, sah mich Karla fragend an: „Neue Liebe?“ Ich klärte sie auf: „Isa möchte mich bei jeder Gelegenheit verkuppeln, ich sehe Vanessa heute das erste Mal. Aber sie ist ein nettes Mädel.“ Karla nickte verständnisvoll: „Meine Schwester ist wie Isa, sie wollte mich auch immer verkuppeln, bevor ich Peter kennenlernte. Bei manchen Frauen ist das anscheinend genetisch. Unabhängig davon, finde ich auch, dass Vanessa eine tolle Frau ist.“ Wir konnten unser Gespräch über Vanessa nicht fortsetzen, weil sie zurückkam. „Habt ihr über mich geredet?“ fragte sie mit Schalk in den Augen. Sie hatte einen guten Instinkt. „Ging ja nicht. Torben wusste nichts von dir“ konterte Karla. „Das kann er ja ändern“ ging Vanessa zum Angriff über. „Ich weiß ja auch noch nichts über ihn.“ Das glaubte ich ihr nicht, denn ich kannte Isa. Die hatte mich bestimmt angepriesen als den einzigartigen und besten Single von Hamburg. Unser Geplänkel ging noch eine Weile hin und her und Karla spielte dabei mit und schien sich köstlich über Vanessa und mich zu amüsieren. Plötzlich erzählte Isa, dass sie und Frank dieses Jahr ihren Urlaub in Griechenland verbringen wollten in der Nähe von Athen. Ich ließ mir nichts anmerken, aber das Wort Athen versetzte mir einen Stich und die übermütige Stimmung ging bei mir zurück. Karla war sehr feinfühlig und bemerkte es als Erste. Sie sah mich fragend an. „Haben wir dich mit unserer Frotzelei geärgert?“ fragte sie mich leise. „Nein, nein, es ist alles in Ordnung, ich musste nur an eine Sache denken, die schon lange zurückliegt“ versicherte ich ihr. „Hängt es mit der Sache zusammen, die du mir irgendwann erzählen willst?“ Sie hatte es nicht vergessen. „Du hast Recht“ bestätigte ich, „aber damit will ich euch den heutigen Abend nicht verderben, ich erzähle es dir irgendwann.“ Der Pianist spielte seit einer Weile in der Bar. „Lass uns tanzen“ schlug ich vor. Als wir auf der kleinen Tanzfläche waren, schien den anderen die Idee auch zu gefallen und wir drehten ein paar Runden mit wechselnden Partnern. Als ich mit Vanessa tanzte, sie tanzte übrigens so leicht wie eine Feder, überlegte ich, wie ich es am geschicktesten anstellte, sie nicht vor den Kopf zu stoßen.. Ich wollte sie heute nicht fragen, ob ich sie nach Hause bringen durfte oder ob wir zu mir gehen. Ich hätte sie in Gedanken betrogen. Die Erinnerungen an Athen waren zu stark in mir hoch gekommen. Als „Notnagel“ war Vanessa zu schade. Sie schien meine Gedanken zu ahnen. „Bevor du mich fragst, ob ich mit zu dir komme, muss ich dir sagen, dass ich heute bei Isa und Frank schlafe. Isa und ich haben morgen was Wichtiges vor.“ Sie konnte sehr direkt sein. Das konnte ich auch: „Ich gehe nie in der ersten Nacht mit einer Frau ins Bett.“ „Aha, du hast für den Fall auch noch eine breite

Couch“ sagte sie scherzhaft. Sie schien mir nicht böse zu sein. „Am besten, du gibst mir deine Visitenkarte.“ Ich gab ihr meine Karte als ich sie an ihren Platz zurückgebracht hatte und sie las laut vor: „Torben Nesnieb, Diplom Ingenieur. Danke.“ Sie sah mich verschmitzt an und die Karte verschwand in der Tiefe ihrer Handtasche. Als wir alle weit nach Mitternacht aufbrachen, fragte Karla. „Frühstücken wir morgen zusammen?“ Sie schien davon auszugehen, dass zwischen Vanessa und mir was lief, aber das konnte ich morgen erzählen. „Lass uns auswärts frühstücken, ich kenne ein kleines Cafe an der Alster, da sitzt man sehr angenehm. Ich hol euch halb zehn ab, einverstanden?“

Peter und Karla warteten am anderen Morgen schon vor dem Hotel. „Kommst du allein? fragte Karla mit einem hintergründigen Lächeln. „Ja, ich habe auch allein geschlafen.“ „Torben mag es nicht, wenn er verkuppelt werden soll und Isa ist dafür bekannt “ erklärte Peter. „Vanessa wäre bestimmt gern mit gekommen, ich habe ihren Blick gesehen, eine Frau spürt das. Wie hast du die Kurve gekriegt, ohne Vanessa zu kränken?“ wollte Karla wissen. „Sie hat selbst die Kurve gekriegt, sie hat bei Isa und Frank geschlafen, weil sie heute mit Isa was Wichtiges vor hat. Hat sie zumindest gesagt. Aber das ist okay so, jeder weiß ja, wo er den anderen erreichen kann, wenn er will.“ „Erzähl mal, wie weit bist du in der Recherche Halbschwester“ wechselte ich das Thema. „Wir haben noch keinen Hinweis auf irgendeinen ehemaligen Wohnort gefunden, aber vielleicht fällt unserer Mutter noch ein, wo Vati überall gewesen ist. Dann könnten wir das etwas eingrenzen. Ich halte dich auf dem Laufenden.“ „Hauptsache, das wird nicht schlimmer mit euch beiden“ meinte Peter scherzhaft. „Sonst muss ich wohl noch eifersüchtig werden.“ Insgeheim hatte ich schon mit so einem Spruch von Peter gerechnet, ich war deshalb nicht überrascht. Karla und ich waren ungewöhnlich vertraut in der kurzen Zeit, in der wir uns kannten.

„Leider nicht“ stöhnte ich übertrieben, „Karla liebt nur einen, und das bist du.“ „Männer“ schnaubte Karla verächtlich und dann lachten wir alle drei. „Torben braucht halt eine Frau, aber Vanessa war wohl doch nicht die Richtige, oder?“ Karla ließ nicht nach. „Ich weiß es nicht, dafür kennen wir uns ja kaum“ wiegelte ich ab. Wir waren inzwischen an der Alster angekommen. Ein leichter Wind brachte den Geruch von Meer und Weite mit sich. Ein paar Möwen kreischten am Himmel und die Sonne teilte sich den Himmel mit ein paar Schäfchenwolken. Beim Frühstück sprachen wir dann über Peters Job. Es gab ein paar Probleme mit einem neuen Kollegen, der alles besser wusste. Er wollte anscheinend unbedingt Karriere machen und versuchte Peters Arbeit zu kritisieren. Ich schlug ihm vor, sich nicht aus der Ruhe bringen zu lassen: „Solche Leute machen selbst schneller Fehler, als sie denken. Dann kann man gezielt zuschlagen.“ Ich wusste, dass Peter nicht gern den Angreifer machte, er liebte den Konsens. Es hatte deshalb wenig Sinn, ihm vorzuschlagen, den anderen platt zu machen. Ich war zwar auch ein Harmoniemensch, aber in solchen Situationen konnte ich auch anders. Wenn ich dann aber auf jemanden losging, dann richtig und mit dem absoluten Siegeswillen. Leere Drohungen waren nicht meine Sache, denn dann wurde man ganz schnell nicht mehr ernst genommen. „Mit deiner Qualifikation brauchst du vor solchen Leuten mit Sicherheit keine Angst zu haben“ legte ich nach. „Nein, Angst habe ich vor dem Kerl nicht“ Peter goss sich noch eine Tasse Kaffee ein. „Es ist nur nervig und unnötig. Aber du hast Recht, am besten ist es, ihn nicht so wichtig zu nehmen.“ Ich war beruhigt, dass es doch nicht so schlimm war, wie es am Anfang schien. Peter hatte Führungsqualtäten, aber er war ein Teammensch, der es lieber hatte, dass man seine Entscheidungen auch verstand.

Nach dem Frühstück machten wir noch einen Spaziergang an der Alster und genossen das schöne Wetter. Ein paar Segelboote leuchteten mit ihren weißen Segeln, die Möwen versuchten in der Luft zu segeln. Ein Schwarm Graugänse landete schnatternd im Wasser und erzählten sich aufgeregt das Neueste vom Tage. Zwei Schwäne glitten davon unbeeindruckt in Ufernähe majestätisch über das Wasser. Eine Stimmung wie im Urlaub wollte aufkommen. Dann brachen Karla und Peter auf, denn sie wollten das Wochenende mit ihrer Tochter Sophie verbringen. Mit Peter verstand sich Sophie von Anfang an, inzwischen liebte sie ihn heiß und innig. Ich freute mich für Karla, denn ich konnte mir vorstellen, dass sie Peter nicht heiraten würde, wenn er ihre Tochter abgelehnt hätte. Aber dann wäre er auch nicht mein Freund Peter gewesen. Wir umarmten uns zum Abschied und versprachen uns gegenseitig, bald wieder von uns hören zu lassen. Ich wusste noch nicht, welche Überraschung auf mich zu kam.

Am Sonntag hatte ich mir ausnahmsweise nichts vorgenommen und war am Vormittag zum Gottesdienst in den Michel gegangen. Ein immer wieder beeindruckendes Bauwerk. Ab und zu brauchte ich diese Atmosphäre und dieses In-mich-gehen, um Abstand vom Alltag zu bekommen. Nicht jeder meiner Freunde und Bekannten verstand das. Vielleicht trauten sie sich aber auch nicht oder wollten es vor sich selbst nicht zugeben. Am Nachmittag nahm ich mir dann ein Buch vor, das ich vor einiger Zeit geschenkt bekommen hatte. Ich brauchte zum Lesen Zeit, speziell bei einem guten Buch. So nebenbei konnte ich das nicht genießen. Das Buch ließ sich gut lesen, aber nach einiger Zeit muss ich dann doch eingenickt sein. Irgendwann träumte ich von Paula, die mich heiraten wollte. Sie hatte schwarzes kurzes Haar und grüne Augen. Wir heirateten in Athen. Während der Trauung veränderten sich langsam ihre Haare und ihre Augen wurden braun. Danach verschwand das Gesicht im Nebel. Ich schreckte hoch, weil mir das Buch aus der Hand gefallen war. Ich versuchte, mich an weitere Einzelheiten meines Traumes zu erinnern, aber es gelang mir nicht. Athen schien das Stichwort zu sein. Beim Versuch, mir das Gesicht von Franca vorzustellen, kamen auch die Erinnerungen an die schönsten zwei Wochen meines Lebens in mir hoch.

Mit Franca und meinen Freunden verbrachten wir den zweiten Tag wie geplant. Neben Kap Sounion besichtigten wir noch einige andere antike Sehenswürdigkeiten. Franca kannte sich wirklich gut aus und konnte uns auch eine Menge erklären aus der griechischen Mythologie. Von Zeus bis Poseidon, von den Titanen und von Odysseus. Sie wusste etwas über Sokrates und Platon und wie sie sonst noch alle heißen. Wenn sie dabei vor uns stand mit ihrem schulterlagen kastanienfarbigem Haar und lebhaft über die Geschichte sprach, wie es wohl nur Italienerinnen können, hatte ich das Gefühl, am schönsten Platz der Erde zu sein. Ab und zu warf sie mir ein Lächeln zu, das mir bewusst machte, dass der gestrige Abend wirklich stattgefunden hatte. Als mir plötzlich bewusst wurde, dass wir ja nur noch drei Tage hier waren, schien sich ein Stein auf meine Brust zu legen, der mir die Luft zum Atmen nehmen wollte. Es erschien mir unfassbar, dass ich Franca in drei Tagen nicht mehr sehen würde. Mir wurde schlagartig klar, dass ich sie liebte.

Am Abend, als wir auf der Terrasse eines wunderschönen Lokales zu Abend aßen, sprach ich mit Peter darüber. Der hatte natürlich längst bemerkt, wir es um mich und Franca stand. „Hast du nicht noch Urlaub zu bekommen, soweit ich weiß, warst du noch nicht weg dieses Jahr. Ruf deinen Chef morgen früh an. Wenn es Probleme gibt, kann ich einen Teil deiner Arbeit mit übernehmen.“ Peter war eben ein wahrer Freund. Nach dem Essen erklärten Franca und ich, dass wir noch einen kleinen Spaziergang machen wollten. Die anderen blieben vollkommen ernst und wünschten uns viel Spaß. Eigentlich hatte ich mit ein paar Sprüchen gerechnet, aber sie waren alle inzwischen in Franca verliebt, dass sie ihr das nicht antun wollten. Natürlich waren sie auch auf mich neidisch. Sie nahmen bestimmt an, dass ich Franca nach Hause begleiten würde und dort übernachtete, sie wussten ja nichts von der WG. Am Morgen hatte ich allerdings schon in unserem Hotel in Doppelzimmer gebucht und mein Gepäck aus dem gemeinsamen Zimmer mit Peter herübergebracht. Ich war mir nicht sicher, wie Franca darauf reagieren würde.

Wir gingen Hand in Hand durch die Straßen, ohne bewusst unsere Umgebung wahrzunehmen. Ab und zu blieben wir stehen, um uns zu küssen. „Ich muss dir was gestehen“ fing ich an. „Im Hotel habe ich ein Doppelzimmer bestellt.“ Sie sah mich mit ihren braunen Augen an und lächelte: „Dann sollten wir schnell ein paar Sachen von mir holen.“ Wir holten.

Als wir am anderen Morgen zum Frühstück gingen, sahen uns meine Freunde etwas irritiert an, aber dann hatten sie schnell begriffen. Peter wusste es schon von mir, weil er mich sonst ja vermisst hätte. Wir brauchten auch nichts erklären, jeder konnte uns ansehen, wie verliebt wir beide waren. Außerdem war gegen das entwaffnende Lächeln von Franca ohnehin kein Kraut gewachsen. Inzwischen hatte ich mit meinem Chef telefoniert und nach einigem Hin und Her noch zwei Wochen Urlaub erhalten. Ich setzte die anderen davon in Kenntnis, auch das schien sie nicht wirklich zu überraschen. Die restlichen zwei Tage verbrachten wir natürlich zusammen. Franca machte weiterhin die Fremdenführerin. Einmal hielten wir unterwegs an bei einer Orangenplantage. Franca konnte inzwischen so viel Griechisch, dass sie unsere Wünsche übersetzen konnte. Nach einigen Palavern – wir waren schließlich in Griechenland – durften wir selbst reife Orangen vom Baum ernten. Wir erhielten dafür extra Scheren und es wurde uns gezeigt, wie wir es machen mussten. Als wir diese dann verzehrten, hatten wir das Gefühl, noch nie vorher Orangen gegessen zu haben. Ein unbeschreiblicher Genuss.

Es waren unbekümmerte und fröhliche Tage. Deshalb war der letzte gemeinsame Abend für alle ein wenig wehmütig, vielleicht mit dem Wissen im Unterbewusstsein, dass so etwas nicht wieder kam.

Die nächsten Tage verbrachten Franca und ich wie auf einer rosaroten Wolke. Ich lernte einige Freunde von Franca kennen, darunter zwei Mädels aus Italien, eine Schweizerin, einen Griechen und einen Iraner. Letzterer legte Wert darauf, dass er aus Persien kam und nicht aus dem Iran. Mit der Verständigung gab es keine Probleme, wir sprachen alle mehr oder weniger gut Englisch. Franca brachte mir auch noch einige Sätze in Italienisch bei. Die meisten handelten von Liebe. Die meiste Zeit verbrachten wir jedoch allein. Wir sprachen über unsere Familien, über kulturelle Themen und aktuelle politische Dinge. Auch über die Punkte, in denen wir nicht immer dieselbe Meinung hatten, konnten wir vortrefflich debattieren und kamen auch oft zu gemeinsamen Erkenntnissen. Franca zeigte mir in Athen einige Sehenswürdigkeiten, die normale Touristen nicht zu sehen bekamen. Sie kannte auch ein paar typisch griechische Lokale, in denen man nur Einheimische antraf. Dort ging man an den Tresen und suchte sich die einzelnen Speisen aus, indem man mit dem Finger darauf zeigte und die Mama diese dann aufschnitt und auf den Teller tat. Es schmeckte alles köstlich. In der körperlichen Liebe verstanden wir uns, als ob wir für den anderen geboren waren. Kurzum, wir waren glücklich und schwebten auf einer rosaroten Wolke. Beim Frühstück morgens im Hotel schien uns der eine oder die andere wissend anzusehen. Ich konnte mir denken warum. Wenn Karla zum Höhepunkt kam, konnte sie nicht immer ein lustvolles Stöhnen unterdrücken. Wir ignorierten diese Blicke. Bestimmt war auch ein wenig Neid dabei.

Nach der ersten Woche fingen wir an, unsere weitere Zukunft zu planen. Es stand außer Frage, dass wir zusammen bleiben würden. Mindestens zwei Kinder wollten wir haben und ich konnte mir durchaus vorstellen, in Italien zu leben. Schon immer hatte ich für Bella Italia geschwärmt. Die Lebensart. Das Essen. Der Wein. Und natürlich Rom, für mich eine der schönsten Städte der Welt. Ich hatte als Jugendlicher mehrfach in Italien Urlaub gemacht. Nun konnte man Urlaub nicht mit dem normalen Leben vergleichen, im Sommer machte das Arbeiten auch sicher nicht sehr viel Spaß. Aber nichts auf dieser Welt ist vollkommen. Irgendwo gibt es immer eine „Achillesferse“. Nichts hätte mich jedoch von meiner Vorliebe für Italien abbringen können. Es war nicht so, dass Franca darauf bestand, dass wir in Italien lebten, sie konnte sich auch gut vorstellen, in Deutschland zu leben. Vielleicht konnte man auch beides in Einklang bringen.

„Hast du deinen Eltern schon etwas von uns gesagt?“ wollte ich von Franca wissen. „Nein, noch nicht“ Sie sah mich etwas schuldbewusst an. „Ich muss dir etwas erzählen, denn ich weiß nicht, wie sie reagieren, wenn ich ihnen erzähle, dass ich einen Deutschen liebe.“ „Aber, was ist dabei?“ wollte ich wissen. „Das hat auch nichts mit dir persönlich zu tun. Im zweiten Weltkrieg, kurz vor dem Ende haben deutsche SS-Soldaten den Großvater meines Vaters erschossen. Er wollte ihnen nicht seinen Weinkeller öffnen. Das ist ja schon sehr lange her, aber irgendwie haben meine Eltern ein gespaltenes Verhältnis zu Deutschland. Das ist natürlich Blödsinn, denn das heutige Deutschland hat mit damals überhaupt nichts mehr zu tun. Außerdem war ja Italien ebenfalls faschistisch und mit Deutschland verbündet. Sie werden bestimmt ein anderes Bild von Deutschland bekommen, wenn sie dich erst einmal kennengelernt haben.“ Franca schien froh zu sein, dass sie diesen Punkt endlich angesprochen hatte. Es hatte sie ziemlich stark belastet. Sie sah mich mit ihren großen braunen Augen erwartungsvoll an. Ich streichelte ihre Wange und fuhr mit dem Finger daran entlang bis zu ihrem Kinn. „Mach dir keine Sorgen, ich kann deinen Vater gut verstehen, auch meine Eltern und Großeltern hatten unter dem Dritten Reich zu leiden. Sie haben Repressalien erlitten, weil sie nicht auf Parteilinie waren und oft den Hitlergruß verweigerten. Wenn sie mich erst kennenlernen, werden sie vielleicht ein anderes Bild von Deutschland bekommen. Du liebst mich und du bist von ihrem Blut, das kann gar nicht schiefgehen, " machte ich Franca Mut. Aber es war gut zu wissen, warum sich ihre Eltern mir gegenüber wahrscheinlich vorerst reserviert verhalten würden. Ich würde es Franca zuliebe schon ertragen.

Als das Telefon klingelte, brauchte ich einen Moment, um mich in der Gegenwart zu orientieren. Es war Peter. Er wollte sich nur für den netten Tag in Hamburg bedanken und teilte mir mit, dass er mit Karla spontan eine Woche Urlaub auf KOS machen wollte. Am Dienstag sollte es losgehen. Ich wünschte den beiden eine schöne Woche und fragte, welchen Ort sie denn ausgesucht hatten. „Kos-Stadt“ antwortete Peter. „Karla war vor Jahren schon einmal dort und es hat ihr sehr gut gefallen. Man ist nicht direkt in einer Touristenburg.“ „Eine gute Wahl“, stimmte ich zu. „Ich bin selbst schon dort gewesen. Schaut euch mal die Ruinen der Asklepiosklinik an, es ist schon erstaunlich, was die Jungs früher alles auf die Beine gestellt haben. Es war die erste Klinik im Altertum und die gekrönten Häupter kamen aus aller Welt. Leider wurde sie dann durch ein Erdbeben zerstört. Am besten ist es, ihr macht eine Inselrundfahrt, danach könnt ihr dann gezielt die Orte aussuchen, die ihr näher besichtigen wollt. Aber wenn Karla schon einmal da war, hast du ja den besten Reiseführer dabei. Bestell ihr schöne Grüße und erholt euch gut.“ „Danke, ich soll dich übrigens von Karla fragen, ob du Vanessa schon wiedergesehen hast. Du weißt ja, Karla meint es gut mit dir“ lachte Peter. „Alle Frauen scheinen Kupplerinnen zu sein, nicht nur Isa“ schnaubte ich gespielt empört. „Ich verweigere dazu die Aussage.“

Als ich aufgelegt hatte, versuchte ich mir Vanessa vorzustellen. Ihre direkte Art hatte mir gefallen. Wenn der Schalk aus ihrem grünen Augen blitzte und ihr Grübchen auf der linken Seite deutlich wurde, kam es mir manchmal vor, als ob wir uns schon länger kannten. Das halblange blonde Haar gab ihr etwas ansprechend Freches. Wenn sie ihre Haare aus dem Gesicht schüttelte, lächelte sie jedes Mal wie entschuldigend. Mir gefiel diese Bewegung. War ich zu abweisend zu ihr gewesen? Aber wollte ich schon wieder eine Beziehung? Ein Abenteuer ging nicht, dafür war es nicht anonym genug. Ich wusste selbst nicht, was ich wollte, wenn es um Frauen ging. Nach sechs Jahren müsste ich mich doch eigentlich gefangen haben. Plötzlich fiel mir wieder die Frau mit den grünen

Augen ein. Na ja, grüne Augen hatte Vanessa auch. Ob ich die Fremde jemals wiedersehen würde?

Ich setzte mich an den Schreibtisch, um für Montag noch einige Vorbereitungen zu treffen. Ein Mietinteressent wollte eine frei gewordene Vierzimmerwohnung ansehen. Das war sonst die Aufgabe unserer Maklerabteilung, aber ich hatte mich bereit erklärt, einzuspringen, weil der Kollege krank geworden war. Ich nahm mir vor, diesen Mieter am Dienstag aus irgendeinem Grund, den ich mir noch einfallen lassen wollte, unangemeldet aufzusuchen. Wir hatten manchmal Probleme mit sogenannten Mietnomaden gehabt, die unbekannt verzogen waren und einen Saustall hinterlassen hatten. Seitdem gehörte es zum guten Brauch in unserer Firma, unangemeldete Besuche in der bisherigen Wohnung der Interessenten durchzuführen. Dort konnte man am besten erkennen, wie es mit dem neuen Mieter bestellt war. Bekam man da einen Dreckstall zu sehen, war es klar, dass der Mietvertrag nicht zustande kam. Die Probleme wurden deutlich weniger. Die Woche brachte viel Arbeit mit sich, auch weil ich den erkrankten Kollegen noch ein paarmal vertreten musste. Das war für mich aber kein Problem, weil Bernd auch immer hilfsbereit war.

Als Karla anrief, waren sie und Peter schon eine Woche aus dem Urlaub zurück. „Ich kann dir was neues erzählen“, sprudelte Karla gleich heraus. „Wir haben eine Spur von meiner Halbschwester entdeckt. Sie wohnt auch in Berlin. Wir haben ihre Adresse vom Einwohnermeldeamt der Stadt bekommen. Was soll ich jetzt machen, einfach anrufen? Ihre Telefonnummer habe ich schon rausgesucht. Peter meint, ich sollte nicht gleich mit der Tür ins Haus fallen, aber du weißt ja, wie vorsichtig Peter ist.“ Sie war ganz aufgeregt. Konnte ich verstehen. „Meinst du nicht, dass auch deine Schwester sich mit dem Gedanken erst vertraut machen sollte? Du hast dich damit ja schon eine Weile beschäftigt, aber für sie kommt das doch unter Umständen sehr überraschend. Schreib ihr doch einen Brief, " schlug ich vor. „Und was soll ich ihr schreiben?" „Schreib ihr einfach, dass du erst jetzt von ihrer Existenz erfahren hast und dass du sie gern kennenlernen möchtest. Durch den Brief willst du ihr die Gelegenheit geben, sich mit der Tatsache zu beschäftigen, dass sie zwei Halbschwestern hat. Leg ein Bild von dir und Katrin bei, wenn du willst. Was sagt denn deine Schwester Katrin dazu?" „Der geht es wie mir, die ist genau so aufgeregt. Dein Vorschlag ist nicht schlecht" pflichtete sie mir bei. „Dann kommt es für sie nicht so überraschend. Was mache ich, wenn sie sich nicht meldet?" „Dann überlegen wir neu" beruhigte ich sie. „Warum sich jetzt schon darüber Gedanken machen." Karla war einverstanden. „Ich schicke dir den Brief vorab mal per Mail, sei doch bitte so gut und schau ihn dir vorher an, bevor ich ihn abschicke. Peter hat mir erzählt, dass du so gut Briefe schreiben kannst." „Wenn du möchtest, dann schick ihn mir. Aber halt mich auch auf dem Laufenden.“ Karla versprach das und wir verabschiedeten uns. Nun hatte es bei Karla doch geklappt mit der Personensuche. Warum ging das nicht bei der Frau mit den grünen Augen? Nach dem Motto: Suche hübsche Frau mit grünen Augen und langen schwarzen Haaren, die so zauberhaft lächeln kann. Vielleicht sollte ich ja doch Vanessa mal anrufen.

Ich rief unter einem Vorwand bei Frank an. Der freute sich, da er heute Abend allein war und schlug vor, uns auf einen Drink zu treffen. „Ich kenne da ein neues Lokal Nähe der Mönckebergstraße, was hältst du davon, wenn ich dich kurz vor sieben abhole?“ Frank kannte sich halt in der Szene aus. „Aber ohne Auto“ warnte ich ihn. Ich wusste, dass er mit dem Führerschein manchmal ziemlich leichtsinnig umging. Und wenn wir zu zweit auf einen Drink gingen..... „Aber klar doch, ich lasse mich fahren und zurück können wir ein Taxi nehmen“ war Frank einverstanden.

Es handelte sich um eine neue Cocktailbar, in der man auch verschiedene Kleinigkeiten essen konnte. Wir hatten einen gemütlichen Eckplatz an der Bar gefunden. Die dezente Beleuchtung war sehr angenehm und auch die leise Hintergrundmusik war nicht störend, man konnte sich gut unterhalten. Das hatte ich auch schon anders erlebt. Wir ließen uns vom Barkeeper zum Cocktail des Hauses überreden, aber der war wirklich gut. Wir sprachen eine Weile über unsere Jobs. Frank hatte mal wieder eine neue Idee, aber das hatte er öfter. Es war immer wieder erstaunlich, wie er sich selbst überzeugen konnte und es gab dann nichts, was ihn dabei bremsen konnte. Ich hatte es mir inzwischen abgewöhnt, seine Ideen zu kommentieren, denn er ließ selten Einwände gelten. Aber haben wir nicht alle unsere Macken? Im Laufe des Abends kamen wir auch auf Frauen zu sprechen. Mit Isa und Frank lief es eben sehr gut. Seitdem sich Frank mehr um Isa kümmerte, gab es auch von ihrer Seite keine Sticheleien mehr. Sie waren ja auch ein schönes Paar, obwohl Frank ein paar Zentimeter kleiner war als Isa, auch je nach Schuhwerk. Aber Frank hatte damit noch nie Probleme gehabt, auch nicht bei seinen Affären. Eigentlich waren alle Frauen größer gewesen, soweit ich sie gekannt hatte. Frank trug sein dunkelbraunes Haar immer sehr wild. Wahrscheinlich war die Frisur aber schwieriger hinzukriegen, als mein Kurz-Haarschnitt. Wenn er die Frauen mit seinen treuen braunen Augen ansah, waren die immer gleich dahin geschmolzen. Zurückhaltung war halt nicht sein Ding. Ich selbst war da etwas verhaltener. Nicht dass ich mich nicht traute, aber bitte etwas dezenter.

„Wie geht es übrigens Vanessa?“ frage ich belanglos. Im selben Moment hätte ich mich ohrfeigen können. Frank schien nur darauf gelauert zu haben. Aber jetzt war es raus und Frank nahm die Aufforderung dankbar an.

„Isa und ich haben uns schon gefragt, ob du dich überhaupt nicht für Vanessa interessierst. Soweit ich das beurteilen kann, wartet Vanessa schon länger auf deinen Anruf. Sie hat Isa auch schon nach dir ausgefragt.“ Auch das noch, dachte ich. „Ich hatte bisher noch keine Zeit, sie anzurufen“ wich ich mit einer lahmen Ausrede aus. Frank ließ das natürlich nicht gelten. „Du nimmst einfach dein Telefon, wählst ihre Nummer und schon kannst du mit ihr sprechen“ grinste Frank mich an. „Soll ich mal versuchen, ob ich sie erwische?“ „Untersteh dich, dafür brauche ich nun wirklich kein Kindermädchen“ antwortete ich bewusst brummig. „Keine Angst, sie ist dieses Wochenende auch nicht erreichbar, sie besucht eine Freundin auf Sylt.“ Frank schien gut informiert zu sein. „Isa ist mitgefahren, tut ihr auch mal gut, ein Wochenende auszuspannen.“ „Aha, Isa bearbeitet Vanessa und du bearbeitest mich“ konnte ich mir nicht verkneifen. „Das ist natürlich Quatsch, und das weißt du, lass uns lieber noch einen Rotwein bestellen, der schmeckt sehr lecker. Außerdem muss sich ein Taxi schließlich auch lohnen“ Peter winkte dem Barkeeper zu und zeigte ihm zwei Finger. „Nein, mal ehrlich. Du hast übrigens erst angerufen, als Isa schon weg war. Aber ich kann dir natürlich auch was über Vanessa erzählen, nur wenn du interessiert bist“ schob er gleich nach. Ich nickte. Warum nicht.

„Vanessa hat sehr früh ihre Eltern verloren, sie ist bei ihrer Tante aufgewachsen. Vielleicht war das sogar ihr Glück, obwohl sich das makaber anhört“ Frank nahm einen Schluck Rotwein. „Ihr Vater war ziemlich einfach und oft betrunken. Manchmal schlug er auch ihre Mutter, allerdings nie das Kind. Ihre Tante, die mit einem drögen aber grundehrlichen Verwaltungsbeamten verheiratet war, konnte selbst keine Kinder bekommen. Sie hat Vanessa deshalb wie ein eigenes Kind behandelt, auch mit der nötigen Strenge. Deshalb ist auch was aus ihr geworden. Zuerst wollte sie Lehrerin werden, hat sich dann aber von einer Freundin überreden lassen, Informatik zu studieren und hat das, soweit ich weiß, noch nie bereut. Heute arbeitet sie in einer Software-Firma und fühlt sich da sehr wohl." „Hatte sie noch keine Beziehung?" wollte ich wissen. „Zumindest nichts Ernstes. Aber sicher kennt sie den Unterschied zwischen Mann und Frau, wenn du das wissen willst. Du musst gerade reden, bei deinem Verschleiß" musste er noch nachschieben. „Isa weiß da bestimmt noch mehr. Ich glaube, da war mal eine Sache, die ihr sehr weh getan hat. Ihr damaliger Freund war schon längere Zeit zweigleisig gefahren, bevor sie was gemerkt hat. Seitdem ist sie sehr misstrauisch. Das ist auch der Grund, warum sie neulich nicht mit zu dir wollte, obwohl du ihr sehr gefallen hast." Ich schwenkte gedankenverloren mein Weinglas. „Na, das wäre doch eine gute Kombination mit uns, beide mit Bindungsangst." „Warum nicht" fragte Frank „das meine ich ganz ernsthaft, wer soll den anderen besser verstehen, als ihr beide? Hab ich dir übrigens schon gesagt, dass du nächsten Dienstag bei uns zum Essen eingeladen bist?“ Das war typisch Frank mit seinen überfallartigen Überraschungen. Er wusste, dass ich Dienstag früher Feierabend hatte. „Ich kriege mächtigen Ärger mit Isa, wenn ich dich nicht dazu überreden kann. Es ist übrigens schon ziemlich lange her, seitdem du bei uns warst, “ schob Frank nach. „Nun lass mich doch wenigstens in meinen Terminkalender schauen.“ Während ich meinen Terminkalender öffnete, freute ich mich aber schon auf den Abend, denn bei Isa und Frank war es immer sehr natürlich und unkompliziert und man brauchte die Worte nicht auf die Goldwaage legen. „Tut mir leid, alter Freund, da steht leider schon ein wichtiger Termin drin“, ärgerte ich Frank ein bisschen. „Wo denn?“ wollte Frank mit enttäuschter Miene wissen. „Ich bin bei Isa zum Abendessen eingeladen und da habe ich schon zugesagt.“ Ich grinste ihn an und nach einem kurzen Stutzen seinerseits lachten wir beide. „Ich komme gern, wer ist denn noch eingeladen?“ „Abendessen zu dritt. Vanessa ist nicht eingeladen, wenn du das befürchtest. Nachher kommt Isa noch in den Ruf einer Kupplerin. Ich werde ihr übrigens sagen, dass sie das Thema Vanessa nicht anschneidet, es sei denn, du willst darüber sprechen, “ beruhigte mich Frank.

Als ich Dienstag für Isa einen Blumenstrauß kaufte, war ich noch nicht sicher, dass wir nur zu dritt sein würden. Aber ich hatte Isa Unrecht getan, es war sonst niemand anwesend. Isa küsste mich auf die Wange und freute sich über den Blumenstrauß. „Immer noch der Gentleman“, sagte sie und warf Frank einen spöttischen Blick zu. Nachtigall, ick hör dir trapsen, dachte ich. Wahrscheinlich waren die letzten Blumen von Frank schon vor längerer Zeit vertrocknet. Frank und Isa wohnten in einen Apartment in Harvestehude. Sie waren modern eingerichtet aber nicht abgehoben. Man traute sich hinzusetzen, ohne Angst zu haben, irgendwelche Deko zu verstören. Mit anderen

Worten, es war kein Ausstellungsraum, hier wurde gewohnt. Nach einem Aperitif nahmen wir Platz zum Essen. Isa hatte Rinderrouladen gemacht, sie liebte die bürgerliche Küche. Es war wie immer köstlich, was den Nachteil hatte, dass es zum Nachschlag verführte. Aber Isa freute sich darüber, war es doch ein Zeichen, dass es uns schmeckte. Wir plauderten über das politische Tagesgeschehen in Hamburg und über die Halbschwester von Karla. Beide waren neugierig, wie sich das weiter entwickeln würde. Als wir beim Nachtisch saßen, es gab Zitronencreme unter die Isa geschlagenen Eischnee gehoben hatte, fragte Frank plötzlich: „Torben, warum bist du eigentlich wirklich von Berlin weggegangen. Bei deiner Affinität zu Berlin erschien mir das schon immer merkwürdig. Nicht, dass ich was dagegen habe, dass du jetzt in Hamburg lebst. Wir finden das beide sehr gut, “ schob er schnell nach. Auch Isa schaute mich aufmerksam an. Auch sie hatte sich also darüber auch schon Gedanken gemacht. Ich schwieg noch einen Moment bevor ich mich entschloss, die beiden einzuweihen. „Das ist eine ganz blöde Geschichte und wahrlich keine meiner Glanztaten, “ fing ich an. „Ich musste seinerzeit Stillschweigen versprechen, und das habe ich bis heute gehalten. Sogar Peter weiß nichts Genaues darüber.“ „Aber du weißt schon, dass wir keine Plaudertaschen sind, wenn etwas unter uns bleiben soll?“ Isa war jetzt neugierig geworden. Obwohl sie manchmal eine echte Plaudertasche sein konnte, wusste ich jedoch, dass man sich in solchen Sachen hundertprozentig auf sie verlassen konnte. Vielleicht tat es mir ja auch gut, wenn ich mal darüber sprechen konnte.

„Ich hatte eine Affäre mit der Frau meines Arbeitgebers.“ „Was denn, du hast die Millionärsgattin gevögelt?“ Frank fiel fast der Flaschenöffner aus der Hand. Ina sah das gelassener: „Sie ist auch nur eine Frau, warum soll die keine Lust haben, wenn ihr Mann sie vernachlässigt?“ „Das schon“.

Frank ging auf den kleinen Seitenhieb vorsorglich nicht ein. „Aber für Torben war das natürlich ziemlich gefährlich. Wie konntest du da nur rein schlittern? Als Angestellter, egal in welcher Position, kannst du nur verlieren, wenn es schief geht." „Hab ich ja auch, " erwiderte ich. „Ich bin da wirklich rein geschlittert, wie du sagst. Ich kannte Lea natürlich aus der Firma, wenn sie gelegentlich ihren Mann besuchte. Wir hatten uns auch ein paar Mal unterhalten und fanden uns sympathisch, aber sie war die Frau meines obersten Chefs. Mittags ging ich immer in mein Stammlokal um die Ecke. Dort trafen wir uns einmal zufällig und sie fragte, ob sie mir Gesellschaft leisten dürfe. Sie hätte heute auch noch nichts gegessen. Inzwischen bin ich nicht mehr so sicher, dass es sich um einen Zufall handelte. Wenn ich heute darüber nachdenke, bin ich ziemlich sicher, dass es kein Zufall war. Wie dem auch sei, wir kamen ins Gespräch, der sich nach und nach in einen Flirt entwickelte. Aber ich war mir sicher, die Situation im

Griff zu behalten, ein kleiner Flirt konnte ja nicht schaden. Als sie mich nach dem Essen fragte, ob ich sie nicht mal eben nach Hause fahren könnte, weil sie heute ohne Auto sei, war ich immer noch sicher. Warum sollte ich ihr den Wunsch nicht erfüllen, ich musste ohnehin noch einen Kunden aufsuchen. Dass ihr Mann drei Tage auf Dienstreise war, schien mir in diesem Zusammenhang auch noch nicht relevant zu sein. Unterwegs bat sie mich, doch noch kurz mit reinzukommen, sie habe da ein Problem mit dem Internet. Ihr Mann könne ihr das immer so schlecht erklären, er setze immer zu viel Kenntnis ihrerseits voraus und sie möchte sich nicht blamieren. Nun gut, ich erklärte es ihr. Danach bestand sie darauf, mir das Haus zu zeigen. Sie zeigte. Es war wirklich ein schönes Haus, aber jenseits meiner Preisvorstellungen. Im Keller befand sich eine Wellnessoase mit Schwimmbad, Sauna und was sonst noch so dazu gehört. Am Pool meinte sie dann, wir hätten uns jetzt aber ein Bad verdient und ehe ich mich versah, hatte sie ihre Kleidung abgestreift und sprang nackt wie Eva ins Wasser. Sie sah wirklich reizend aus und es stimmte an ihr alles. Schließlich war sie auch fast zwanzig Jahre jünger als ihr Mann." „Und was hast du gemacht?" Isa wollte jetzt mehr wissen, aber es war ja auch egal, wo ich schon mal angefangen hatte. „Sie drehte sich im Wasser auf dem Rücken und fragte mich, ob ich ein Spielverderber sei, oder zu feige. Nun, sie wusste, wie man Männer reizen konnte. Ich zog mich aus und sprang ebenfalls ins Wasser. Danach hat sie mich verführt. Sie hatte es dann aber auch nicht mehr wirklich schwer, denn direkt gewehrt habe ich mich nicht." „Habt ihr es gleich im Wasser getrieben?" wollte Isa jetzt wissen. „Wasser auf nackter Haut, das ist schon ganz schön erotisch. Weißt du noch Frank, damals im Mittelmeer bei Nacht?" „Natürlich weiß ich das noch." Das Thema schien Frank unangenehm zu sein. „Lass doch Torben erst mal weitererzählen." „Nein, wir haben es nicht im Wasser getrieben, sondern im Ruheraum auf der Liege.

Sie hatte einen ganz schönen Nachholbedarf." Frank schenkte Wein nach. „Was hast du dir bloß dabei gedacht? Das musste doch schief gehen." „Gedacht habe ich damals gar nicht, zumindest nicht sofort. Es war ja nur ein Ausrutscher, eine einmalige Sache. Was sollte schon passieren? Lea war in festen Händen. Zukunftspläne brauchte ich nicht zu machen. Das kam mir bei meinem Trauma ja gerade recht. Aber wie das so ist bei Affären. Sie verselbständigen sich, denn es sind immer mehrere Personen beteiligt." Frank war recht still geworden, das Wort Affäre hatte bei ihm gewisse Assoziationen ausgelöst. Er bereute bestimmt schon, dass er dieses Thema angeschnitten hatte. Aber Isa hatte Blut geleckt, wie man so schön sagt. „Sie wollte mehr?" fragte sie. „Ja, für sie war es kein einmaliger Ausrutscher. Wir trafen uns heimlich." „Habt ihr ein Hotelzimmer genommen, oder hast du sie mit zu dir nach Hause genommen?" „Beides war zu gefährlich. Sie war zu bekannt. Zu ihr wollte ich nicht, denn in dem Haus hätte ich keine ruhige Minute gehabt. Eine Freundin von ihr stellte uns zweimal ihre Wohnung zur Verfügung, aber die zog kurz darauf nach Bremen zu ihrem Freund." „Was habt ihr dann gemacht?" Isa konnte ihre weibliche Neugier nicht mehr bremsen. „Wir haben es halt im Auto oder im Wald gemacht. Beides war nicht das Niveau, das wir wollten. Zwischendurch kann es ja mal ein schöner Kick sein, aber ausschließlich?" „Naja, so richtig bequem und sexy ist das auf Dauer nicht", musste Isa zugeben. „Und wie ist es aufgeflogen?" „Durch einen ganz dummen Zufall, aber absolut peinlich." Ich grinste: „Heute kann ich schon darüber lachen, aber in dem Moment war mir danach nicht zumute. Bei einer wilden Aktion im Auto muss Lea ihren Ohrring verloren haben, der in meine Aktentasche gerutscht sein muss. Als ich bei ihrem Mann eine Besprechung hatte und dabei einen Vorgang aus meiner Tasche zog, fiel plötzlich der Ohrring auf seinen Schreibtisch. Eine eisige Stille entstand. Mir muss das Blut aus dem Gesicht gewichen sein, ich wurde kreidebleich. Er starrte auf den Ohrring, blickte in mein Gesicht und nickte, wie zur Bestätigung einer Ahnung. Dann stand er auf und bat mich mit höflicher aber eiskalter Stimme, den Rest der Woche Urlaub zu nehmen. Am Montag um zehn möchte ich mich dann bei ihm melden. Ich nickte betroffen und ging wortlos. Unterwegs im Auto versuchte ich, Lea zu erreichen, aber es war besetzt.“ „Kommt mir so bekannt vor“, wollte Frank seine Frau ärgern. Aber Isa ging nicht darauf ein. „Hast du sie denn noch rechtzeitig erreicht?“ „Ja, nach zwanzig Minuten war sie dann endlich dran. Ich erzählte ihr, was passiert war und wollte wissen, wie es mit uns weitergehen sollte. Ich hatte mich natürlich inzwischen in sie verliebt. Sie war geschockt, wollte aber erst abwarten, wie sich ihr Mann verhalten würde. Da war mir schon klar, wie es ausgehen würde. Nach zwei Tagen hatte ich immer noch nichts von ihr gehört. Da wusste ich, dass sie sich für den Luxus entschieden hatte, den ich ihr nicht bieten konnte.“ Isa schnaubte: „Dann hat sie dich auch nicht richtig geliebt, so einer brauchst du nicht nachzutrauern. Die suchte einen Zeitvertreib und der ist ein bisschen aus dem Ruder gelaufen. Aber deshalb das bequeme Leben aufgeben? Nein, die hat sich mit ihrem Mann wieder arrangiert." „Wie ging es in der Firma weiter?" wollte Frank wissen. „Nun ja, es musste auf alle Fälle ein Skandal vermieden werden. Isa nahm einen längeren Urlaub und war für mich nicht erreichbar, aber das hatte ich nicht mehr anders erwartet. Ich kündigte mit der offiziellen Begründung, dass ich ein derartig lukratives Angebot vorliegen hatte, dass man mir nicht im Wege stehen wollte. Ich wurde auch sofort freigestellt und erhielt eine Abfindung von drei Jahresgehältern. Im Gegenzug musste ich schriftlich auf jeden Kontakt mit Lea verzichten und musste mich zu Stillschweigen verpflichten. Was blieb mir anderes übrig? Ich hatte es mir schließlich selbst eingebrockt." „Hat Peter nichts mitbekommen?" fragte Frank. „Ich weiß es nicht genau, er hat zwar nie etwas gesagt, aber irgendwie hat er was geahnt. Er war auch eine Zeit lang sauer auf mich und zog sich zurück. Aber ich wollte ihn nicht damit hineinziehen, er wäre dann in der Firma nicht mehr unbefangen gewesen und das hätte ihm geschadet. Dass er dann ohnehin die Firma wechselte, konnte ich damals noch nicht wissen. Peter übrigens auch nicht, denn das Angebot, das er erhielt, kam erst etwas später. Aber ich sollte es ihm jetzt erzählen, was meint ihr?" „Mach dir deshalb aber keinen Stress. Wenn es sich mal ergibt, erzähl es ihm. Er wird es verstehen. Bei uns ist das bis dahin gut aufgehoben. Das kann man doch nicht immer für sich behalten. Ich bin froh, dass du es uns erzählt hast." Peter holte eine Flasche aus dem Schrank. „Darauf sollten wir einen Obstler trinken. Nach dem guten Essen von meiner lieben Isa kann das auch nicht schaden." Isa schaute erst misstrauisch, freute sich dann aber, als sie merkte, dass Frank das wirklich so meinte. Wir tranken auf das Wohl der Hausfrau. Isa überlegte noch und konnte es dann aber nicht lassen, noch einmal nachzulegen: „Wie viele Frauen hattest du denn schon?“ Noch während sie es aussprach, bereute sie den Satz schon. Wir kamen hier auf ein etwas heikles Thema, bei dem auch Frank nicht so gut wegkommen würde. „Immer nur eine.“ Noch so ein blöder Satz, verflixt, wie kamen wir nur weg von diesem Thema. Zum Glück klingelte das Telefon und eine Freundin von Isa wollte ihr etwas Wichtiges aus der neuesten Gerüchteküche mitteilen. Frank und ich atmeten auf. Als Isa vom Telefon zurückkam, sie hatte sich kurz gefasst, zeigte sie auf die Schnapsflasche. „Frank, schenk noch mal ein, auf einem Bein kann man nicht stehen. Torben fängt mittwochs später an, deshalb kann er im Gästezimmer schlafen und wir können morgen früh noch schön zusammen frühstücken.“ „Aber ich habe doch gar nichts mit zum wechseln, “ warf ich ein. „Du kannst morgen von Frank ein neues Hemd und neue Unterwäsche anziehen, ihr habt die gleiche Größe. Du kannst aber auch nackt schlafen. Glaubst du, ich habe noch keinen nackten Mann gesehen?“ Isa schaute mich bewusst verführerisch an. Sie war schon ein Typ. Was sollte ich da noch gegen sagen? Ich fühlte mich bei den beiden wohl wie immer und freute mich auf das gemeinsame Frühstück. Als Isa schon im Bett war, trank ich mit Frank noch ein Gläschen und führten Männergespräche. „War es denn wenigstens schön mit Lea?“ Frank wollte anscheinend gern noch einige Details von mir hören. „Denk an Isas Worte, ein Gentleman genießt und schweigt. Aber natürlich war sie eine attraktive und auch aktive Frau“, fügte ich noch hinzu. Mehr wollte ich mir nicht entlocken lassen. Ich hatte es noch nie gut gefunden, wenn Männer – oder auch Frauen – hinterher von ihren Erlebnissen zu detailliert schwärmten oder noch schlimmer, damit angaben. Soviel Respekt vor dem anderen sollte man besitzen, egal ob es länger dauerte oder ob es nur eine Affäre war. Frank erzählte mir dann, dass zwischen Isa und ihm alles im Lot sei, wie er sich ausdrückte. Er habe auch keine Affären mehr. „Hat Isa mal was mitbekommen?“ wollte ich wissen. „Nein, da war ich immer sehr vorsichtig. Du weißt ja, ich wollte Isa nie verlieren.“ Er trank den Rest des Obstlers aus. „Vielleicht hat sie mal was geahnt, aber sie hat es nie ausgesprochen. Sie hat es richtig gemacht, denn wenn etwas einmal ausgesprochen ist, kann man es nicht mehr rückgängig machen. Nichts ist mehr wie vorher. Außerdem waren meine Affären ja auch niemals was Ernstes.“ Ich wusste, dass Frank nach der zweiten Fehlgeburt, die Isa erlitten hatte, etwas aus dem Gleichgewicht gekommen war. Ob Fremdgehen dafür die richtige Medizin ist, sei mal dahingestellt. Aber jeder Mensch reagiert anders. Außerdem war ich der Letzte, der Frank Vorwürfe machen konnte. Ich hatte ja nichts anderes getan, nur mit dem Unterschied, dass ich nicht gebunden war. Aber manchmal hatte ich auch zwei Frauen gleichzeitig gehabt. Ich freute mich aber für die beiden, dass Frank jetzt die Kurve gekriegt hatte.

Vielleicht hatten sie ja noch die Chance, ein Kind zu bekommen. Nach einem letzten Glas beschlossen wir, ins Bett zu gehen.

Beim Frühstück überraschte uns Isa dann mit der Nachricht, dass ihr Frauenarzt ihr grünes Licht gegeben habe. Sie könnten wieder versuchen, ein Kind zu bekommen. Regelmäßige Kontrolle sei zwar nötig, aber die Aussichten seien nicht schlecht. So schnell kann es manchmal im Leben gehen. Gestern Abend hatte ich den beiden noch alles Gute dafür gewünscht und jetzt kam Isa mit dieser Nachricht. Das war allerdings eine sehr intime Angelegenheit. Dass Isa das in meinem Beisein erzählte, zeigte mir auf, wie sehr die beiden mir vertrauten. Glücklich, wer solche Freunde hat. Mein alter Geschichtslehrer hatte mal gesagt: Ein wahrer Freund ist der, den du dich traust, anzurufen, wenn es dir schlecht geht. Da war was dran. Peter und Frank würde ich anrufen, umgekehrt genauso. Dass sich die beiden Frauen auch noch so gut verstanden, war in diesem

Fall das I-Tüpfelchen. Der Gesichtsausdruck von Frank wechselte zwischen Staunen und Glückseligkeit. Isa freute sich darüber. „Frank, mach den Mund wieder zu. So wie du jetzt aus der Wäsche schaust, bist du als Vater nicht zu gebrauchen.“ „Du kannst einen aber auch überraschen, da lässt man ja fast die Tasse fallen.“ Frank hatte seine Sprache wieder gefunden. Er sprang auf und gab Isa einen langen Kuss. Ich dachte an unser Gespräch von gestern Abend. Selten war ein Zeitpunkt passender gewesen. „Ich glaube, ich sollte jetzt gehen, oder soll ich euch helfen?“ „Das wird Frank wohl noch allein schaffen.“ Isa grinste und wusste, wie ich es meinte. „Aber, wenn es klappen sollte, möchten wir dich als Paten für unser Kind“, schob sie nach. „Onkel Torben und Tante Vanessa.“ Sie konnte es nicht lassen.

Am Mittwoch rief Karla an: „Stell dir vor, ich habe Post erhalten, rate mal, von wem?“ Das war natürlich nicht schwer zu raten. „Ich nehme an, von eine deiner vielen

Schwestern“, flachste ich. „Was schreibt sie denn, war sie sehr überrascht?“ „Nein, überhaupt nicht, stell dir vor, sie hatte uns auch schon gesucht. Ich habe sie sofort angerufen und sie zu uns eingeladen. Zuerst war das Gespräch ja etwas steif, aber es wurde immer lockerer und es schien sofort so etwas wie einen Draht zu geben. Sie will uns am Samstag besuchen, Katrin kommt auch zu uns. Bitte komm du auch, ja?“ „Aber das ist doch wirklich eine engste Familienangelegenheit“ erwiderte ich. „Und eine für den engsten Freundeskreis“ ließ sie keine Einwände gelten. Na ja, neugierig war ich auch. Vielleicht war sie eine zweite Karla. Ich sagte zu.

Am Samstag früh fuhr ich mit dem Wagen nach Berlin. Ich hatte kurz erwogen, Vanessa zu fragen, ob sie nicht Lust hätte, mitzukommen, es aber dann doch wieder verworfen. In Gedanken schalt ich mich einen Narren. Wann wollte ich endlich wieder normal werden. Bei Peter und Karla war gerade Katrin eingetroffen. Wir kannten uns nur flüchtig, ich wusste aber, dass Katrin sehr glücklich verheiratet war. Sie schien sehr ausgeglichen, obwohl sie heute doch ein wenig aufgeregt war, aber das war ja verständlich. Wir nahmen einen Campari mit sehr viel Soda, der Tag war ja noch lang. Gegen Zwölf wollte Andrea kommen. „Wir haben uns noch nie gesehen und wissen nicht, wie wir aussehen, “ erzählte Karla. „Ich hatte damals auch kein Bild mitgeschickt. Vielleicht sieht sie mir oder mehr Katrin ähnlich.“ Es war schon ein komisches Gefühl, nach so vielen Jahren eine Person zu treffen, die man noch nie gesehen hatte, aber mit der man eng verwandt war. Als Andrea dann endlich kam, stellte es sich heraus, dass sie keiner ihrer Halbschwestern ähnlich sah. Sie hatte rotblondes kurzes Haar und blaue Augen. Nach einem kurzen Moment des Abwartens und der gegenseitigen Musterung fielen sich die drei Schwestern in die Arme. Keine konnte die Tränen unterdrücken, aber die Tränen wichen dem gemeinsamen Lachen. „Andrea, dies ist mein Verlobter Peter und das ist unser bester Freund Torben“ stellte uns Karla vor. „Ich freue mich, dass ihr euch endlich gefunden habt“, gab ich Andrea die Hand. „Ist schon ein komisches Gefühl“, antwortete sie. So richtig fassen kann ich das immer noch nicht. Ich hab den Brief dreimal gelesen. Aber jetzt ist es auch ein schönes Gefühl.“ Ich versuchte, eine Ähnlichkeit mit Karla zu finden, aber die gab es nicht. Peter hatte inzwischen seine Kamera geholt und machte Fotos, denn das erste Treffen mit Andrea musste natürlich festgehalten werden.

Karla hatte einen Imbiss vorbereitet. Dabei entwickelte sich eine lebhafte Unterhaltung, vorwiegend zwischen den Schwestern. Man hatte ja auch viel aufzuarbeiten. Sie schienen sich auf Anhieb zu verstehen. Blut ist halt dicker als Wasser, ging es mir durch den Kopf. Die drei Schwestern versuchten, Gemeinsamkeiten zu suchen. Einige gab es auch. So hatten alle drei schon eine Blinddarmoperation hinter sich und bei einigen Frauenproblemen schien es auch Gemeinsamkeiten zu geben. Katrin und Andrea waren vor zwei Jahren zeitgleich auf Rügen gewesen, sogar im selben Ort. Sie malten sich dann aus, was passiert wäre, wenn sie sich dort näher kennengelernt hätten. Ein bisschen verhielten sie sich wie Kinder, die die Welt kennenlernen. Peter und ich mussten manchmal schmunzeln, aber wir konnten das natürlich auch verstehen. Es stellte sich heraus, dass Andrea geschieden war. Ihr Mann hatte sie zwar nicht betrogen, aber sie hatten sich irgendwann nichts mehr zu sagen und jeder machte sein Ding. Als dann auch noch eine berufliche Entscheidung anstand, ihr Mann hatte ein Angebot aus München erhalten, kam man überein, sich zu trennen. Das war jetzt zwei Jahre her. Sie genoss die neue Freiheit, wie sie sagte. Eine festere Bindung kam vorerst für sie nicht infrage. Na prima, dachte ich, dann kommt wenigstens keiner auf die Idee, mich mit ihr zu verkuppeln.

Im Laufe des Tages musste ich immer mehr feststellen, dass Andrea sich für mich nicht im Geringsten interessierte. Natürlich unterhielten wir uns auch in der Runde und sie war durchaus sympathisch, aber es kam kein Draht auf, wie man so sagt. Für Karla und Katrin freute ich mich. Wie es aussah, würden sie bestimmt bis spät in der Nacht zusammensitzen. Andrea und Katrin wollten auch bei Karla und Peter übernachten. Es war bestimmt für alle Beteiligten ein anstrengender Tag, nicht so sehr körperlich sondern vor allem emotional.

Ich fuhr am frühen Abend zurück nach Hamburg. Samstags fuhren deutlich weniger Lastwagen, so dass ich mein blaues Sportcoupé auch mal an einigen Stellen etwas laufen lassen konnte. Ich hatte auf einen Dienstwagen verzichtet und bekam dafür von meinem Arbeitgeber Fahrtkostenersatz für Dienstfahrten. Ich musste dafür zwar ein Fahrtenbuch führen, war aber weniger abhängig. Das war mir die Mühe mit dem

Fahrtenbuch wert. Beim Fahren ging ich noch einmal den Besuch in Berlin durch und stellte fest, dass ich etwas enttäuscht und gleichzeitig auch erleichtert war. Wusste ich überhaupt, was ich erwartet hatte? Ich musste mir eingestehen, dass ich eine zweite Karla erhofft hatte. Ein bisschen war natürlich auch mein Ego gekränkt. Bisher hatte ich bei Frauen stets mehr Aufmerksamkeit erzielt. Je näher ich Hamburg kam, umso mehr verspürte ich in mir eine neue Freiheit. Vielleicht sollte ich am Sonntag mal meine Wohnung etwas umräumen. Manchmal braucht man einen neuen Blickwinkel.

Bei Vollmond hatte ich seit einigen Jahren Probleme mit dem Schlafen. Nicht immer, aber so, dass es mir auffiel. Nicht, dass ich schlafwandelte, nein, ich konnte nur schwer einschlafen oder wurde mitten in Nacht wach und konnte nicht mehr einschlafen. Wenn dann noch Gedanken über unerledigte Probleme dazukamen, war es ganz aus. Früher hatte ich gedacht, dass ich zu viel Power hatte, um einzuschlafen. Inzwischen wusste ich, dass genau das Gegenteil der Fall war. Es war fehlende Energie. Ein alter Heiler, der sich mit der chinesischen Medizin auskannte, hatte mir das mal erklärt und empfohlen, abends zwei Esslöffel Traubenzucker in Wasser aufgelöst zu trinken, möglichst eine halbe Stunde vor dem Schlafengehen. Damit wird dem Körper die nötige Energie zugeführt und man kann entspannt schlafen. Immer, wenn ich das regelmäßig befolgte, hatte ich nach ein paar Tagen keine Schlafprobleme mehr. Aber wie das so mit dem menschlichen Verhalten ist, wenn einem nichts fehlte, dachte man nicht mehr daran und es erging einem so wie mir heute Nacht.

Nach längerem Herumwälzen stand ich auf. Wenn ich schon nicht schlafen konnte, dann konnte ich auch gleich mit dem Umräumen anfangen. Ich wusste, dass außer mir heute niemand im Hause war. Ich machte mich also daran, einige Dinge in der Wohnung umzustellen. Das war insofern unproblematisch, als ich vor drei Wochen das Wohnzimmer renoviert hatte, sonst hätte man an den Wänden die Ränder gesehen. Dabei fiel mir dann eines der Urlaubsalben in die Hand. Das erste Bild war von Franca und mir mit der Akropolis im Hintergrund. Dort hatte ich meine schönste Zeit erlebt.

Irgendwann geht auch der schönste Urlaub zu Ende. Wir wussten aber, dass es mit uns weitergehen würde. Deshalb war der Abschiedsschmerz nicht ganz so schlimm. „Ich werde in der nächsten Woche nach Italien zu meinen Eltern fahren", teilte mir Franca mit. „Es ist besser, wenn ich erst einmal allein mit ihnen spreche und sie auf dich vorbereite. Ich weiß, dass du keine Angst davor hast, mitzukommen, aber du musst morgen zurück nach Deutschland und ich habe noch Ferien. Für meine Eltern ist es dann auch leichter, wenn wir nicht gleich mit der Tür ins Haus fallen. Sagt man das so in Deutschland?" Sie hatte deutsch mit mir gesprochen, wie immer mit einem wunderschönen Dialekt. „Man sagt so in Deutschland“ lächelte ich. Sie boxte mich, fiel mir aber sofort wieder in die Arme und küsste mich lange und ausgiebig. Danach musste ich mich losreißen, denn mein Flugzeug ging in Kürze. In drei Wochen wollte ich wieder hier sein.

Ich hatte in Deutschland neben meinem Job einiges zu regeln. Meinen Bruder musste ich über meine Pläne informieren. Nach dem Tode unserer Eltern war er schließlich mein einziger Blutsverwandter. Mit Peter saß ich abends oft zusammen. „Was sagt dein Bruder?“ wollte er wissen. „Der ist erstaunlich zurückhaltend. Ich hatte gedacht, dass er versucht, mir eine Ausländerin auszureden. Aber seitdem er selbst eine Freundin hat, ist er etwas toleranter und lockerer geworden. Mal schauen, wie lange das anhält. Aber egal, Franca lass ich mir von niemanden ausreden.“ Peter grinste: „Ja, so wie ihr beide aufeinander abgefahren seid, kann es nur die große Liebe sein. Aber ich kann dich verstehen, ich hätte sie auch genommen. Nur hatte niemand gegen dich eine Chance. Nun musst du nur noch die Hürde mit ihren Eltern nehmen. Hast du schon was von Franca gehört?" „Nein, sie ist heute erst angekommen und wir wollen morgen früh telefonieren. Ich will sie heute nicht stören oder unter Druck setzen. Außerdem sind es ja nicht nur ihre Eltern. Die Großeltern, Tanten und sonstige Verwandte wollen alles wissen. In Italien ist das noch ein klein wenig anders als bei uns in Deutschland." „Und du willst wirklich dahin ziehen? Ich werde dich aber ganz schön vermissen." Ich wusste, dass Peter das nicht so gut fand. Natürlich würde er uns auch besuchen, aber bei der Entfernung ließ sich die intensive Beziehung zwischen uns beiden doch nicht so pflegen, wie wir das in der Vergangenheit kannten. Ich beruhigte ihn: „Das ist ja noch gar nicht entschieden. Franca muss erst ihr Studium beenden und sie würde ja auch gern nach Deutschland ziehen. Es kommt auch auf die Arbeitsmarktsituation an. Bei uns in Deutschland sind ihre Chancen bestimmt größer als in Italien. Vielleicht ist es auch ebenso schön, wenn wir dann ein bis zweimal im Jahr nach Italien fahren." Peter schien erleichtert: „Das ist bestimmt eine gute Idee. Darauf sollten wir noch einen trinken."

Am nächsten Vormittag rief mich eine glückliche Franca an: „Meine Eltern haben das viel besser aufgenommen, als ich gehofft hatte. Sie wollten alles von dir wissen, meine Tanten und meine Großmutter sowieso. Wir haben die halbe Nacht gequatscht. Torben, ich bin ja so glücklich. Meine Familie will dich unbedingt so schnell wie möglich kennenlernen. Ich soll dich von allen grüßen und dir einen dicken Kuss geben." Aus ihrer überschwänglichen Reaktion konnte ich erkennen, wie groß der Stein war, der ihr vom Herzen gefallen war. Das hatte ihr doch mehr im Magen gelegen, als sie mir erzählt hatte. Aber so war es natürlich besser als umgekehrt. Jetzt würde ich noch intensiver Italienisch lernen müssen, denn ihre Eltern sprachen weder Deutsch noch Englisch. Bei meiner Liebe zu Sprachen sicher das kleinste Problem. Wir vereinbarten, wann wir heute Abend wieder telefonieren wollten. Franca trug mir noch Grüße auf für Peter und für meinen Bruder.

Wir telefonierten in den nächsten drei Wochen fast täglich. Franca war inzwischen nach Athen zurückgekehrt, um ihr Studium nicht zu vernachlässigen. Zusätzlich schrieben wir uns Briefe. Meine schrieb ich auf Deutsch, Franca schrieb Italienisch, nach einer Woche versuchten wir es umgekehrt. Am Telefon mussten wir dann über manche unserer Formulierungen lachen. Unsere Briefe wurden immer besser. Wir hatten inzwischen beschlossen, dass wir zwar in Italien heiraten, dann aber in Deutschland wohnen wollten, einfach weil auch die Aussichten auf einen lukrativen Job nach dem Studium zurzeit in Deutschland besser waren. In den nächsten Ferien wollten wir ihre Eltern besuchen, danach wollte Franca den

Rest der Ferien bei mir in Berlin verbringen. Noch unverheiratet! Das mussten wir ihren Eltern noch schonend beibringen.

Endlich waren die drei Wochen um und ich konnte noch eine Woche Resturlaub nehmen. Ich flog noch am selben Abend nach Athen. Im Flugzeug sah ich schon die strahlenden Augen von Franca vor mir. Als sie mich am Flughafen abholte, sprang sie in meine Arme und wollte mich gar nicht mehr loslassen. Wir küssten uns, versuchten unsere Freude in Worte zu fassen und küssten uns wieder. In ihren Augen war die ganze Freude dieser Welt zu sehen. Nach drei langen Wochen hatten wir uns wieder. „Komm mit, ich habe eine Überraschung für dich." Wir fuhren zu ihrer Wohnung. „Alle Mitbewohner sind für eine Woche ausgeflogen, wir haben das ganze Reich für uns allein." Wie hatte sie das nur wieder hingekriegt. Sie sah mich spitzbübisch an: „Ich habe heute für uns gekocht. Wollen wir zuerst essen? Sonst essen wir vielleicht erst morgen früh?"

Wir wussten beide, was sie meinte. „Es wäre schade um die Mühe, die du dir gemacht hast. Das *Essen* könnte kalt werden, “ grinste ich. Wir genossen das Abendessen zusammen mit der Vorfreude auf das, was danach kommen würde.

Am anderen Morgen bummelten wir durch Athen und genossen unser Zusammensein. Zwischendurch saßen wir in einem Straßencafe und beobachteten das Leben in der Altstadt. Bei aller Quirligkeit lief das Leben hier in den südlichen Ländern gelassener ab als bei uns in Deutschland. Gerade dieser Kontrast war es, der mich so anzog. „Wirst du dieses Leben nicht vermissen, wenn wir in Deutschland leben?“ wollte ich von ihr wissen. „Mir geht es dann wahrscheinlich dort so wie es dir hier ergeht. Mir gefällt dann auch der Kontrast. Und außerdem sind wir ja mindestens zweimal im Jahr in Italien, dann haben wir beides. Ist das nicht schön?“ Nichts konnte sie davon abbringen, mir nach

Deutschland zu folgen, um mit mir zu leben. Was war ich für ein Glückspilz!

Zwei Tage vor Ende meines Urlaubs fuhren wir mit dem Bus nach Piräus. Franca erklärte mir den Hafen und wir fanden ein kleines Fischrestaurant, in dem wir unsere Mittagspause verbrachten. Frischeren Fisch konnte man nicht bekommen. Er wurde auf dem Grill zubereitet, dazu gebackene Kartoffelspelten und ein Glas Rezina. Anschließend bummelten wir engumschlungen am Hafen entlang. Ein weißhaariger alter Bouzoukispieler saß im Schatten und hoffte auf ein paar Spenden. Er trug einen zerzausten Bart in seinem sonnenverwitterten Gesicht. Ich warf ihm zwei Euro in seinen Hut. Er verneigte sich und spielte ein wenig lauter als zuvor. Die griechische Weise begleitete uns noch eine ganze Weile. Ein paar Fischer flickten ihre Netze und blickten uns freundlich an mit ihren faltigen Gesichtern, denen man ansah, dass ihr Leben kein Zuckerschlecken war. Trotzdem schienen sie das

Leben zu genießen mit einem fröhlichen Fatalismus, den man oft nur in den mediterranen Ländern findet. Von diesem Fatalismus könnten wir in Deutschland auch ein bisschen gebrauchen. Am Himmel zeigten sich ein paar Wolkenfetzen, die aber die Sonne nicht verdecken konnten. Ein paar Jungs spielten Fußball und machten dabei richtig Krach. Aber sie stritten sich nicht, sondern sie feuerten sich an. Ich ahnte nicht, dass es für lange Zeit mein letzter schöner Tag sein würde.

Das Unfassbare geschah am Abend. Wir saßen im Bus, der uns nach Athen zurückbringen sollte. Plötzlich fiel Franca ein, dass sie in dem Cafe gegenüber ihre Jacke vergessen hatte. Sie stieg aus und rannte hinter dem Bus über die Straße. Als die Bremsen quietschten, war alles zu spät. Franca war direkt in den Wagen gelaufen. Sie starb noch auf dem Weg ins Krankenhaus und meine Welt brach zusammen.

Das war jetzt sechs Jahre her. Ich wurde damals ziemlich aus der Bahn geworfen. Wenn meine Freunde sich nicht so intensiv um mich gekümmert hätten, wäre ich wahrscheinlich depressiv geworden. Ich hatte dann nach einer gewissen Zeit diverse kurze Affären, die mir aber nicht halfen. Einmal schlief ich innerhalb von vierundzwanzig Stunden mit drei verschiedenen Frauen. In dem Zusammenhang von einer Beziehung zu sprechen, wäre schon sehr verwegen gewesen.

Ich blätterte weiter im Album und etwas Seltsames geschah. Je mehr Bilder ich betrachtete, desto stärker verschwand der Schmerz, den ich sonst beim Betrachten der Bilder empfunden hatte. Es stellte sich mehr ein Gefühl des dankbaren Erinnerns ein. Ich war überrascht, als es mir bewusst wurde. Es war ja auch eine lange Zeit vergangen. Franca würde ich nie vergessen, aber vielleicht konnte ich jetzt einen neuen Anfang finden.

Am Dienstag versuchte ich, Vanessa zu erreichen, aber es lief nur das Band. Ich hinterließ eine Nachricht, dass ich mich wieder melden würde und wünschte ihr einen schönen Tag. Am Mittwoch war sie immer noch nicht zu erreichen und am Donnerstag war ich dann soweit, dass ich Isa anrief. „Ich wollte mal hören, wie es euch so geht" fing ich nicht sehr geistreich an. Aber Isa hatte mich schon durchschaut. „Du suchst wohl Vanessa?" wollte sie wissen. Bingo, aber es war ja auch egal. „Weißt du zufällig, wie ich sie erreichen kann?" „Sie ist für acht Tage auf ihre Lieblingsinsel Sylt gefahren" wusste Isa. „Weißt du was, du fährst einfach hinterher und überraschst sie. Sie wird sich bestimmt freuen, " schlug Isa vor. Ich maile dir ihre Hoteladresse rüber. Wenn du morgen losfährst, dann habt ihr fast noch eine Woche. Ich das kein guter Vorschlag?" musste sich Isa selbst loben. Doch Kupplerin. „Ich weiß es noch nicht, ob ich es hinkriege. Aber tu mir den Gefallen und ruf sie nicht an. Wenn ich hinfahre, soll es wenigstens eine Überraschung werden.“ Isa versprach es mir. Ich wusste, dass ich mich auf sie verlassen konnte. Die Frage, ob sie schon schwanger war, verkniff ich mir. So etwas konnte einen auch unter Druck setzen und das war das letzte, was sie jetzt brauchte. Ich drückte ihr lieber die Daumen. Die Idee mit Sylt fand ich inzwischen auch immer besser und ich packte ein paar Sachen ein. Morgen früh würde ich Urlaub nehmen und nach Sylt fahren. Wenn ich an Vanessa dachte, stellte sich langsam aber sicher ein gewisses Kribbeln bei mir ein.

Immer, wenn ich mit dem Autozug über den Hindenburgdamm nach Sylt fahre, wenn ich die Schreie der Möwen höre, dann stellt sich eine ganz eigene Vorfreude ein. So war es auch diesmal. Ich roch die Nordsee durch das heruntergelassene Autofenster, diese salzige Luft, die man auf den Lippen schmeckt. In Gedanken hörte ich schon das Plopp-Plopp der Autoreifen, wenn man über die Rampe vom Zug auf die Fahrbahn fährt.

Ich bekam noch ein Hotelzimmer in Westerland, ließ mein Gepäck dort, weil ich erst um vierzehn Uhr das Zimmer beziehen konnte, und ging zum Strand. Sonnengebräunte Urlauber schlenderten von Geschäft zu Geschäft. Es kam mir immer so vor, als ob die Bräune hier oben an der See eine andere war, als die Bräune aus dem Süden. Sie hielt auch länger an. Ich hatte mir ausgemalt, wie ich Vanessa dort *zufällig* treffen würde. Wie sie überrascht wurde, wie sie darauf wohl reagierte? Freute sie sich so wie ich inzwischen oder hatte ich mir was vorgemacht?

Es kam völlig anders, als ich mir das vorgestellt hatte. Ich ging zwischen den Strandkörben kreuz und quer, um sie zu suchen. Plötzlich sah ich sie aus einem Strandkorb aufspringen und auf einen Mann zulaufen. Sie fiel ihm um den Hals und sie hielten sich eine Weile umschlungen. Dann gingen sie zu ihrem Strandkorb zurück. Zum Glück hatte sie mich noch nicht gesehen. Ich wäre mir vorgekommen wie ein Trottel. Was passierte jetzt mit mir? Zuerst hatte ich Angst vor Bindungen, dann wollte ich neu anfangen. Die erste interessierte sich überhaupt nicht für mich, aber das war nicht wirklich wichtig, ich kannte sie bisher gar nicht. Das lag nur daran, dass ich Karla mochte und in der Schwester eine zweite Karla erhofft hatte. Das war alles im Unterbewusstsein abgelaufen. Aber dass Vanessa einen anderen hatte, das war schlimm. Ich merkte erst jetzt, was mir Vanessa bedeutete. War das meine Strafe? Ich ging langsam zum Hotel zurück. Als ich bei *Gosch* vorbeikam, wollte ich wie immer ein Krabbenbrötchen essen, aber ich hatte keinen Appetit mehr. Zuerst wollte ich zurückfahren. Ich war beleidigt, frustriert, wollte mich in meine Schneckenhaus zurückziehen wie schon so oft in den letzten Jahren. Sylt hatte für mich aber auch eine Menge schöner Erinnerungen. Eine Runde mit dem Fahrrad könnte vielleicht eine Art Befreiung meiner Gedanken bewirken. Warum auch nicht. Ich musste mich ja schließlich nicht verstecken, was ging mich der andere Mann an! Ich ging zurück in mein Hotel und zog mich um, mietete ein Fahrrad und fuhr drauflos. Über Wenningstedt nach Kampen sollte die erste Etappe gehen. Dort gibt es wunderschöne Naturradwege, auf denen sich schnelles Fahren von allein verbietet. Ich mag die unterschiedliche Natur auf Sylt. In Kampen in der *Kupferkanne* machte ich Rast für Kaffee und ein Stück Friesentorte, eine Spezialität des Hauses. Ein bisschen Snobismus gehörte halt auch dazu. Ich weiß noch, wie ich meinen ersten Urlaub auf Sylt verbrachte. Ein Kollege aus dem gleichen Lehrjahr und ein ehemaliger Schulfreund fuhren mit mir zusammen nach Wenningstedt. Viel Geld hatten wir alle nicht zur Verfügung, deshalb hatten wir eine preiswerte Pension gefunden. Die Vermieterin mit ihren streng nach hinten gekämmten grauen Haaren fühlte sich für uns jungen Leute verantwortlich und achtete darauf, dass wir uns ordentlich benahmen. Natürlich meinte sie es gut mit uns, denn auf der anderen Seite wurden wir auch von ihr verwöhnt. Dieses gute Verhältnis wurde kurz vor Ende des Urlaubs aber dann stark getrübt. Schuld daran war unsere Fahrt nach Helgoland, damals noch mit Ausschiffen in den kleinen Booten. Bei unruhiger See ein Abenteuer für sich. Bei uns ging es aber gut und es machte uns natürlich richtig Spaß. Unser Fehler war es danach aber, dass wir dem Kauf von zollfreien alkoholischen Getränken nicht widerstehen konnten. Wir kauften sogar mehr als zulässig war, kamen aber ungeschoren damit zurück nach Sylt. Ein anderer Pensionsgast, der am Vortag ebenfalls auf Helgoland eingekauft hatte, schlug nach dem Frühstück am anderen Morgen vor, ein Schlückchen von den mitgebrachten Getränken zu probieren. Gesagt, getan. Bei dem Schlückchen blieb es dann aber nicht, und als unsere Vermieterin dahinterkam, dass wir bereits am Morgen Alkohol tranken, war es schon für gutes Zureden zu spät. Der Alkohol hatte bereits seine Wirkung getan. Das Donnerwetter, das dann über uns her brach, konnte man bestimmt noch in Westerland hören. Belämmert und verkatert schlichen wir zum Strand und trauten uns erst am Abend zurück in unsere Pension. Der letzte Tag verlief ziemlich eisig. Das war mein erster Urlaub auf Sylt. Dass wir auf der Rückfahrt unser letztes Geld zusammenkratzen mussten, um noch einmal vollzutanken, sei noch zur Vervollständigung erwähnt.

Ich zahlte mein Gedeck und machte mich wieder auf den Weg. Auf der Strecke von Kampen nach Braderup traf ich zwei ältere, aber noch sehr sportliche Damen, die mich nach dem Weg fragten. Es stellte sich heraus, dass wir denselben Weg hatten und wir kamen überein, gemeinsam weiterzufahren. Bisher war ich eher gemütlich unterwegs gewesen, weil ich die Natur genießen wollte. Die beiden Begleiterinnen legten allerdings ein deutlich höheres Tempo vor. Auch der Wind, der auf Sylt gefühlt immer von vorn kommt, konnte sie davon nicht abhalten. Als wir an einer Weide mit schwarzen Rindern vorbeifuhren, hätte ich gern ein paar Minuten verweilt. Die schlankere der beiden Damen zeigte während der unverminderten Fahrt lediglich den linken Arm heraus und rief: „El Toro!“ Was blieb mir übrig, als ebenfalls weiterzufahren. Die Rinder waren auf meiner Seite, denn sie kamen schnaubend an den Zaun. Als wir weiterfuhren, muhte eines von den Rindern ärgerlich hinter uns her. Warum könnt ihr nicht mal kurz anhalten. Unsere Fahrt ging weiter. Ich muss einen guten Eindruck bei den beiden hinterlassen haben, denn sie bestanden darauf, mich in Westerland zum Abendessen einzuladen. Sie wollten auch mal mit einem jungen Mann ausgehen, wie sie mir augenzwinkernd verrieten. Ich nahm dankend an, denn ich konnte mir vorstellen, dass es für alle ein vergnügter Abend würde. Vielleicht sollte ich ja mal die Altersklasse wechseln, dachte ich ironisch. Es wurde ein netter Abend. Eva und Annette hatten vor einigen Jahren ihre Ehemänner verloren. Beide waren leitende Beamte und hinterließen ihren

Frauen neben einem kleinen Vermögen auch eine ansehnliche Pension. Die Kinder waren erwachsen und führten ihr eigenes Leben. Deshalb reisten sie gern, weil sie noch neugierig auf die Welt waren. Viele Reisen unternahmen sie gemeinsam weil geteilte Freude doppelte Freude ist, wie sie immer wieder feststellten. „Warm sind Sie so bedrückt?“ wollte Eva nach einer Weile wissen. Sie hatte einen guten Instinkt. Ich wollte abwiegeln, aber das gelang nicht. Schließlich erzählte ich vom eigentlichen Grund für meinen Syltaufenthalt und von meiner Enttäuschung, die ich erlebt hatte. „Machen Sie jetzt nicht den gleichen Fehler, den ich in jungen Jahren gemacht habe“, schaltete sich Annette ein, die ruhigere von beiden. „Ich habe damals durch ein Missverständnis, das so ähnlich ablief, wie jetzt bei Ihnen, meine große Liebe verloren. Als ich später mitbekam, dass ich eine Situation völlig falsch interpretiert hatte, war es schon zu spät. Ich bin nie ganz darüber hinweggekommen.“ „Aber, du hast doch eine glückliche Ehe geführt, soweit ich das beurteilen kann." Eva war ziemlich überrascht. „Natürlich hatte ich mit Günther eine glückliche Ehe" antwortete Annette, „aber ganz hinten in einer Ecke des Herzens blieb immer die Erinnerung an meine erste Liebe. Niemand weiß, wie mein Leben anders verlaufen wäre. Aber keiner kann zwei Wege gehen." Eva schüttelte den Kopf: „Und davon habe ich bis heute nichts gewusst. Wir hätten Torben schon viel eher nach dem Weg fragen sollen. Aber Torben, Sie sollten lieber der Sache auf den Grund gehen, damit es Ihnen nicht genauso ergeht wie meiner Freundin." Eva hatte ihre Energie wiedergefunden. Vielleicht hatten die beiden ja recht. Was hatte ich denn genau gesehen? Das, was wirklich war, oder das, was ich hatte sehen wollen? Wir tranken noch ein Gläschen und verabschiedeten uns wie alte Freunde. Nicht, ohne mir vorher das Versprechen abzunehmen, mich um genaue Aufklärung zu kümmern.

Am anderen Morgen fuhr ich zurück nach Hamburg. Auf dem Rückweg über den Hindenburgdamm kreischten wieder die Möwen. Es hörte sich an, als lachten sie mich aus.

Ich cancelte meinen Urlaub und stürzte mich in die Arbeit. Am nächsten Freitag lief ich in der Innenstadt Isa in die Arme. „Ich dachte schon, du lebst nicht mehr“, fiel sie über mich her. „Warum bist du nicht nach Westerland gefahren? Gestern war Vanessa bei mir und ich habe sie gefragt, ob es schön war mit dir. Sie hat mich verständnislos angesehen und wusste von nichts.“ „Tja, da war ich wohl zu spät, aber für eine Dreierbeziehung war ich nicht eingerichtet“, entfuhr es mir gegen meinen Willen. Der Verkehrslärm war ziemlich laut „Wieso Dreierbeziehung?“ fragte Isa nach. „Es war schon jemand anders da, dem sie um den Hals gefallen ist, da habe ich mich lieber diskret zurückgezogen.“ „War der andere groß und hatte er blonde längere Haare?“ wollte Isa wissen. „Könnte sein“, musste ich zugeben, denn das war mir bei aller Überraschung aufgefallen. Isa zog mich mit in das nächste Cafe´. Dabei hätte uns fast noch ein Radfahrer umgefahren, der auf der falschen Seite fuhr. „Na, da hast du dich aber ganz schön blamiert, ich kann nur hoffen, dass Vanessa dich nicht bemerkt hat. Das war ihr Cousin, mit dem sie schon als Kind viel zusammen war. Der ist wie ein großer Bruder für sie und sie hängt sehr an ihm.“ Isa war richtig erleichtert und musste dann über mein etwas belämmertes Gesicht lachen. „Komm, auf den Schreck müssen wir einen trinken“. „Kaffee oder Grappa?“ fragte ich. Ich wusste ja nicht, ob sie noch Alkohol trinken durfte. Aber anscheinend durfte sie. „Beides“, antwortete sie. Isa war Isa, sie war ein echter Typ und stand voll im Leben, man konnte mit ihr Pferde stehlen. Sie schüttelte mit einer Kopfbewegung ihre langen blonden Haare aus dem Gesicht und sah mich mit ihren blauen Augen an: „Du scheinst ja seit damals immer wieder Probleme mit Frauen zu bekommen. Du musst endlich wieder in der Gegenwart ankommen und nicht immer so misstrauisch sein." Sie hatte ja Recht, seit ein paar Tagen hatte ich ja auch das Gefühl, mit der Vergangenheit besser umgehen zu können. Ich sprach mit ihr darüber und erzählte ihr dann nebenbei auch von der Frau mit den grünen Augen und den langen schwarzen Haaren, die ich zwei Mal gesehen hatte, aber nie kennenlernen konnte. Als ich das erzählte, lächelte sie, ging aber nicht weiter darauf ein. „Ja, lach mich ruhig aus, ich verstehe es ja selbst nicht." „Ich lache dich nicht aus, manchmal sind die Dinge nur nicht so, wie man sie sich vorstellt. Wahrscheinlich hast du dir ein Bild von dieser Schönen gemacht, die mit der Wirklichkeit gar nichts zu tun hat. Vielleicht solltest du froh sein, wenn du sie niemals triffst. Aber wer weiß das schon so genau." Isa erzählte mir dann noch, dass Frank mit ihr ab Sonntag ein verlängertes Wochenende auf Rügen verbringen wollte, sie freue sich schon darauf. Bevor wir auseinandergingen, musste ich ihr noch hoch und heilig versprechen, Vanessa anzurufen. „Toi, toi, toi, viel Glück.“ Sie küsste mich zum Abschied voll auf den Mund.

Am Samstagvormittag versuchte ich Vanessa zu erreichen. Ihre Mailbox sprang an und ich versprach, mich wieder zu melden. Ich ärgerte mich, dass ich Isa nicht nach der Handynummer gefragt hatte. Am Nachmittag rief Vanessa zurück und fragte keck, was sie für mich tun könne. Ich hatte natürlich den Verdacht, dass Isa sie schon vorbereitet hatte, wie ich Isa kannte. „Hast du Lust, mit mir heute Abend essen zu gehen?“ Ich wollte endlich mal mit Vanessa allein irgendwo zusammen sein, ohne in einer größeren Runde Konversation zu machen, ich wollte sie näher kennenlernen. „Und ich dachte schon, du traust dich überhaupt nicht“, konnte sie es nicht lassen. „Holst du mich um neunzehn Uhr ab? Ich freue mich. Warum hast du mich nicht auf Sylt besucht?“ fragte sie scheinheilig. Da wusste ich, dass

Isa nicht dichtgehalten hatte. „Das erzähle ich dir nachher. Hast du einen besonderen Wunsch?“ wollte ich noch wissen. „Überrasch mich einfach, aber Italiener wäre mir recht.“

Ich hatte daraufhin bei Paolo einen lauschigen Tisch bestellt. Das war gar nicht so einfach, dort so kurzfristig einen Tisch zu bekommen, aber Paolo kannte mich gut und so ließ sich das arrangieren. Zwischendurch hatte Vanessa noch einmal angerufen und vorgeschlagen, uns bei Paolo zu treffen, weil sie vorher noch einen Weg zu erledigen hatte. Paolo war ihr recht.

Ich war natürlich zu früh bei Paolo. Der hatte für uns einen schönen Tisch in einer Nische reserviert. Man konnte aber von dort den Eingang überblicken und ich ließ mir schon vorab einen Campari auf Eis servieren. Paolo brachte ihn mir persönlich an den Tisch. „Kann es sein, dass du etwas aufgeregt bist, wie beim ersten Mal?“ freute sich Paolo. „Überhaupt das erste Mal“ erwiderte ich und fühlte mich so, wie lange nicht mehr bei einem Rendezvous. Meine bisherigen Beziehungen hatten nie lange gedauert. Nach ziemlich kurzer Zeit hatte ich immer etwas Negatives gefunden und die Affären beendet. Ich hatte richtig danach gesucht, aber das hatte weniger mit den Frauen zu tun als mit meiner Bindungsangst. Diesmal stellte sich ein lange nicht gekanntes Gefühl ein. Ich hatte Lampenfieber.

Als Vanessa kam, legte sich die Aufregung aber schnell, denn es war vom ersten Augenblick nie langweilig, ganz im Gegenteil. Vanessa trug ein schlichtes schwarzes Kleid, das ihr ausgezeichnet stand und gerade durch die Schlichtheit wirkte. Ihre grünen Augen strahlten und ich bemerkte erst jetzt, dass ihre Wangenknochen ein wenig zu hoch waren. Es war durch die halblangen Haare nicht immer zu sehen. Beim Essen – Paolo hatte sich mal wieder selbst übertroffen – neckten wir uns noch ein wenig, aber dann wurden unsere Gespräche ernsthafter.

Wir sprachen über unser Leben und keiner versuchte, etwas zu beschönigen. Sie sprach über ihre Kindheit, ihren Job, der ihr sehr viel Freude machte. Als sie wusste, dass sie mir vertrauen konnte, sprach sie auch über ihre große Enttäuschung, die Frank mir schon angedeutet hatte. „Ich war längere Zeit mit einem Mann zusammen, mit dem ich schon Zukunftspläne gemacht hatte. Er war aufmerksam, zärtlich und ich vertraute ihm. Er war beim Zoll und hatte gelegentlich Außeneinsätze, meistens bei der Bekämpfung von Schwarzarbeit. Oft fanden diese Einsätze nachts statt. Er erklärte mir, dass er Engagement zeigen müsse, wenn er weiterkommen wolle. Sein Ziel war es, später eine leitende Stellung zu erreichen.“ Vanessa trank einen Schluck Rotwein und schien zu überlegen, wie sich die Situation entwickelt hatte. „Ich war damit auch einverstanden, dass er sich in seinem Beruf engagierte. Es ging ja schließlich um unsere gemeinsame Zukunft. Als die nächtlichen Einsätze sich häuften und wir immer seltener über unsere

Pläne sprachen, wurde ich langsam stutzig. Obwohl ich das nicht wirklich wollte, fing ich an, hinter ihm her zu spionieren. Als ich ihn dann einmal in seinem Amt anrief, war er nicht da und ich kam mit einer Kollegin ins Plaudern. Dabei erfuhr ich dann, dass er schon zwei Tage Urlaub hatte. Ich war wie vor den Kopf gestoßen. Das konnte doch gar nicht sein." Vanessa nahm noch einen Schluck Wein. Sie hatte sich in Erregung geredet. „Hatte er eine andere?" stellte ich eine Zwischenfrage. „Natürlich hatte er eine andere. Ich stellte ihn abends zur Rede. Zuerst wich er aus, aber als ich weiterbohrte, gab er schließlich alles zu. Stell dir vor, er hatte bereits seit Monaten eine Geliebte. Dabei kamen ihm die nächtlichen „Diensteinsätze" natürlich sehr gelegen. Und ich blödes Schaf habe nichts bemerkt. Aber der Hammer kam dann noch hinterher. Sie war seit 2 Monaten vom ihm schwanger." „Und wie hatte er sich das gedacht, wollte er das Kind oder wollte er euch beide? Manche Männer scheinen so etwas zu können. Das ist gar nicht so selten wie man denkt.“ Vanessa hatte sich inzwischen beruhigt. „Ich weiß nicht, was er wollte, ich wusste nur, was ich nicht mehr wollte. Ich habe ihn an dem Abend noch rausgeschmissen. Es tat noch eine Weile ziemlich weh, aber inzwischen bin ich froh, dass ich nicht mehr mit ihm zusammenlebe. Irgendwann hat er dann noch seine Sachen abgeholt, danach habe ich nie wieder was von ihm gehört. Und das ist auch gut so.“ Damit machte sie klar, dass für sie dieses Thema jetzt endgültig abgehakt war. „Jetzt bist du aber wieder dran.“

Ich erzählte ihr dann von meiner Zeit, die ich in Athen erlebt hatte. Natürlich nicht jedes Detail, aber so, dass sie verstand, was damals mit mir passiert war. „Ich glaube, damit wird man schwerer fertig als mit einer Enttäuschung. Bei einer Enttäuschung hilft einen dann doch irgendwann die Wut, um die Sache abzuhaken. Glaubst du, dass du Franca überhaupt mal vergessen kannst?“ fragte mich Vanessa. „In der letzten Zeit ist bei mir viel passiert und ich habe vor ein paar Tagen gemerkt, als ich zufällig Bilder von Franca in die Hand bekam, dass es nicht mehr weh tat, wie sonst immer. Der Unfall schien so weit weg zu sein und ich verspürte mehr eine dankbare Erinnerung. Die menschliche Seele hat anscheinend die Fähigkeit, sich länger an positive Dinge zu erinnern als an negative." Ich bemühte mich, meine Gedanken sorgfältig zu formulieren und dabei auch ehrlich gegen mich selbst zu sein. Dabei bemerkte ich zu meiner Überraschung, dass dabei auch für mich eine Art Befreiung stattfand. „Vergessen werde ich sie sicher nicht, aber sie wird nicht mehr meine Gegenwart oder meine Zukunft beeinflussen. Sie bleibt eine Erinnerung aus einer anderen Zeit." Vanessa nickte und wirkte erleichtert. Danach redeten wir nur noch über uns und wir wurden immer vertrauter. Die Zeit verging wie im Fluge. Wir bemerkten es erst, als es ein Uhr war. „Bringst du mich nach Hause oder hast du morgen früh einen Termin?" Sie konnte das Necken nicht lassen. Das konnte ich auch. „Ja“, antwortete ich nur. Sie stutzte: „Heißt das, du bringst mich nach Hause oder heißt das, du hast morgen früh einen Termin?“ „Beides“. Sie fiel darauf rein. „Und wo hast du den Termin?“ „Bei einer wunderschönen Frau zum Frühstück“. Jetzt mussten wir beide lachen. Ich bezahlte und bestellte ein Taxi. Als Paolo mit der Rechnung kam, brachte er ein Tablett mit drei Grappa mit. Wir mussten unbedingt mit ihm noch einmal anstoßen. Mit einer vollkommenen Unschuldsmiene wünschte er der Signorina und mir eine angenehme Nacht. Schlitzohr!

Im Wagen kam Vanessa wie von selbst in meine Arme und wir küssten uns das erste Mal. Danach konnten wir kaum wieder aufhören. Beide waren wir wie ausgehungert. Oben in ihrer Wohnung angekommen, ließen wir den obligatorischen Drink aus. Vanessa zog mich gleich in Richtung Schlafzimmer und streifte mit einer eleganten Bewegung unterwegs ihr Kleid von den Schultern. Sie trug darunter einen Hauch schwarzer Unterwäsche. Sie war wunderschön und genoss meine bewundernden Blicke. Anschließend auf dem Bett kniete sie über mir. Sie schaute mir unverwandt in die Augen, als sie mich in sich aufnahm. Ihre anfangs sparsamen Bewegungen wurden langsam schneller bis sie für beide in einer multiplen Feuerwoge mündeten. Danach lag sie erschöpft in meinem Arm. Ihr Kopf lag auf meiner Brust und ihr Haar kitzelte an meiner Nase. Als ich ihre Haare weg blies, lächelte sie mich an. Sie stützte sich auf ihre Ellenbogen und fragte: „Ging es dir zu schnell?“ „Ich weiß jetzt gar nicht mehr, wer von uns schneller war“, scherzte ich. „Du weißt verdammt genau, wie ich es meine.“ Ich durfte jetzt keinen Fehler machen oder nur rumflachsen. Sie wollte ernsthaft wissen, woran sie war. Aber es gab keine Fragen mehr für mich. Ich war mir noch nie so sicher gewesen, wie heute Nacht. „Vanessa, mein Liebling, das war auch nicht als Scherz gemeint. Ich wollte damit nur ausdrücken, dass wir es beide zur selben Zeit erkannt haben und cs beide wollten. Und weißt du was? Ich bin verdammt glücklich darüber, hier mit dir im Bett zu liegen und dich zu lieben. Und das ganze möchte ich solange mit dir erleben, solange ich noch atmen kann.“ Ich ließ sie dabei in meine Augen sehen und sie erkannte, dass ich es genau so meinte. Sie kuschelte sich an mich. Erst gegen Morgen schliefen wir ein. Vanessa hatte gefordert und gegeben.

Wir schliefen traumlos, bis uns die Sonne weckte. Vanessa rollte sich in meine Arme und küsste mich. Als ich sie fester in meine Arme nehmen wollte, sprang sie aus dem Bett. „Erst wird gefrühstückt“, lachte sie, „danach habe ich noch eine Überraschung für dich“. Sie stand ohne Scheu nackt vor dem Bett und ließ sich von mir bewundern. Es hat mich schon immer fasziniert, wie vertraut und intim Frauen sind, wenn man erst einmal zusammen geschlafen hat. Ich glaube, Männer tun sich da schwerer. Sie ging ins Bad. „Du kannst ruhig mitkommen, wenn du dich traust“. Ich traute mich. Das Frühstück wäre beinahe ausgefallen. Vanessa bestand darauf, das Frühstück allein zu machen, ich sollte wegen der Überraschung erst in die Küche kommen, wenn sie soweit war. Als sie mich dann rief, war ich mehr als überrascht. Es haute mich fast um. Vor mir stand eine Frau mit langen schwarzen Haaren, grünen Augen und leicht erhöhten Wangenknochen. Wo hatte ich nur meine Augen gehabt. Jetzt wusste ich auch, warum ich immer das Gefühl hatte, sie schon einmal gesehen zu haben. Vanessa nahm die Perücke wieder ab, schüttelte ihr Haar aus und freute sich über mein perplexes Gesicht. „Sei bitte nicht böse, aber als ich von Isa die Geschichte von deiner Traumfrau mit den grünen Augen hörte, wurde mir plötzlich alles klar. Als wir uns das erste Mal trafen, hatte ich das unbestimmte Gefühl, dich schon einmal gesehen zu haben, aber ich wusste nicht, wo. Als ich dann hörte, dass du mich in Berlin gesehen haben musst, konnte ich mich ebenfalls an deinen Blick erinnern, den du mir zugeworfen hattest. Ich ahnte damals aber nicht, dass ich einen so starken Eindruck auf dich gemacht hatte, das heißt, nicht ich, sondern die Frau mit der Perücke. Ich war damals in Berlin, um meinen damaligen Freund auszuspionieren. Das ist mir ja auch gelungen, wie du weißt.“ Nach dieser langen Erklärung wartete sie gespannt auf meine Reaktion. Ich hatte mich inzwischen gefangen. Die Überraschung war zwar groß, aber irgendwie hatte ich in meinem Unterbewusstsein auf etwas gewartet, ich hatte nur nicht gewusst, auf was. Mir fielen einige Momente wieder ein, an denen ich gestutzt hatte, oder das Gefühl hatte, Vanessa schon mal gesehen zu haben. Aber dass ich hier die Frau wiederfinden würde, die monatelang in meinen Gedanken war, das hatte ich nicht erwartet. Gleichzeitig konnte ich mein Glück gar nicht fassen. Vanessa schaute mich immer noch erwartungsvoll an. Als sie in meine Augen sah und dort bereits alles erkannte, war ihr die Erleichterung anzusehen. „Mein Schatz, ich weiß jetzt, dass ich angekommen bin. Warum sollte ich dir böse sein. Ganz im Gegenteil und wer kann schon von sich behaupten, dass er zwei Traumfrauen hat? Seit gestern weiß ich aber, dass ich nur noch eine Traumfrau haben möchte, und zwar dich, egal mit welchen Haaren.“ Vanessa strahlte und kam in meine Arme. Als wir uns dann küssten, dachte schon keiner mehr an das Frühstück.

Ende